汪曾祺笔下的手艺人

（丰子恺插图本）

汪曾祺 著

人民文学出版社

图书在版编目（CIP）数据

汪曾祺笔下的手艺人／汪曾祺著；丰子恺插图． 北京：人民文学出版社，2024． -- ISBN 978-7-02-018930-4

Ⅰ．I206.7

中国国家版本馆 CIP 数据核字第 2024NP3806 号

责任编辑　李玉俐
装帧设计　黄云香
责任印制　张　娜

出版发行　人民文学出版社
社　　址　北京市朝内大街166号
邮政编码　100705

印　　刷　三河市宏盛印务有限公司
经　　销　全国新华书店等

字　　数　156千字
开　　本　850毫米×1168毫米　1/32
印　　张　10　插页3
印　　数　1—5000
版　　次　2024年11月北京第1版
印　　次　2024年11月第1次印刷

书　　号　978-7-02-018930-4
定　　价　52.00元

如有印装质量问题，请与本社图书销售中心调换。电话：010-65233595

目 录

异秉 ___ 1

职业 ___ 16

如意楼和得意楼 ___ 20

茶干 ___ 29

熟藕 ___ 37

故里三陈 ___ 44

打鱼的 ___ 61

金大力 ___ 65

艺术家 ___ 73

岁寒三友 ___ 86

鉴赏家 ___ 114

喜神 ___ 125

子孙万代 ___ 129

收字纸的老人 ___ 136

鸡鸭名家 ___ 140

戴车匠 ___ 174

侯银匠 ___ 189

祁茂顺 ___ 196

少年棺材匠 ___ 203

菱蒿薹子 ___ 207

王居 ___ 210

三姊妹出嫁 ___ 213

邂逅 ___ 223

卖眼镜的宝应人 ___ 239

卖蚯蚓的人 ___ 248

兽医 ___ 257

瞎鸟 ___ 263

百蝶图 ___ 269

陈银娃 ___ 278

小吕 ___ 282

葡萄月令 ___ 290

槐花 ___ 298

看画 ___ 303

一技 ___ 309

竹壳热水壶 ___ 312

异　秉①

一天已经过去了。不管用甚么语气把这句话说出来，反正这一天从此不会再有。然而新的一页尚未盖上来，就像火车到了站，在那儿喷气呢，现在是晚上。晚上，那架老挂钟敲过了八下，到它敲十下则一定还有老大半天。对于许多人，至少在这地的几个人说起来，这是好的时候。可以说是最好的时候，如果把这也算在一天里头。更合适的是让这一段时候独立自足，离第二天还远，也不挂在第一天后头。

晚饭已经开过了。

"用过了？"

"偏过偏过，你老？"

"吃了，吃了。"

照例的，须跟某几个人交换这么两句问询。说是毫无意思自然也可以，然而这也与吃饭不可分，是一件事，非如此不能算是吃过似的。

这是一个结束，也是一个开始。

账簿都已一本一本挂在账桌旁边"钜万"斗子后头一溜钉子上，按照多少年来的老次序。算盘收在柜台抽屉里，手那么抓起来一振，梁上的珠子，梁下的珠子，都归到两边去，算盘珠上没有一个数字，每一个珠子只是一个珠子。该盖上的盖了，该关好的关好。（鸟都栖定了，雁落在沙洲上。）只有一个学徒的在"真不二价"底下拣一堆货，算是做着事情。但那也是晚上才做的事情。而且他的鼻涕分明已经吸得大有一种自得其乐的意趣，与白天挨骂时吸得全然两样。其余的人或捧了个茶杯，茶色的茶带烟火气；或托了个水烟袋，钱板子反过来才搓了的两根新媒子；坐着靠着，踱那么两步，搓一搓手，都透着一种安徐自在。一句话，把自己还给自己了。白天他们属于这个店，现在这个店里有这么几个人。

每天必到的两个客人早已来了，他们把他们的一切都带了来，他们的声音笑貌，委屈嘲讪，他们的胃气疼和老刀牌香烟都带来了。像小孩子玩"做人家"，各携瓜皮菜叶来入了股。一来，马上就合为一体，一齐渡过这个"晚上"像上了一条船。他们已经聊了半天，换了几次题目。他们唏嘘感叹，啧啧慕响，讥刺的鼻音里有酸味，鄙夷时披披嘴，混和一种猥亵的刺激，舒放的快感，他们哗然大笑。这个小店堂里洋溢感情，如风如水，如店中货物气味。

而大家心里空了一块。真是虚应以待，等着，等王二来，这才齐全。王二一来，这个晚上，这个八点到十点就甚么都不缺了。

今天的等待更是清楚，热切。

王二呢，王二这就来了。

王二在这个店前廊下摆一个摊子，一个甚么摊子，这就难一句话说了。实在，那已经不能叫摊子，应当算得一个小店。摊子是习惯说法。王二他有那么一套架子，板子；每天支上架子，搁上板子：板上上一排平放着的七八个玻璃盒子，一排直立着的玻璃盒子，也七八个；再有许多大大小小搪瓷盆子，钵子。玻璃盒子里是瓜子，花生米，葵花籽儿，盐豌豆，……洋烛，火柴，茶叶，八卦丹，万金油，各牌香烟，……盆子钵子里是卤肚，薰鱼，香肠，煠虾，牛腱，猪头肉，口条，咸鸭蛋，酱豆瓣儿，盐水百叶结，回肠豆腐干。……一交冬，一个朱红蜡笺底下洒金字小长方镜框子挂出来了，"正月初一日起新增美味羊羔五香兔腿"。先生，你说这该叫个甚么名堂？这一带人呢，就省事了，只一句"王二的摊子"，谁都明白。话是一句，十数年如一日，意义可逐渐不同起来。

晚饭前后是王二生意最盛时候。冬天，喝酒的人多，王二就更忙了。王二忙得喜欢。随便抄一抄，一张纸包了；（试数一数看，两包相差不作兴在五粒以上，）抓起刀来（新刀，才用趁手），刷刷刷切了一堆；（薄可透亮，）当的一声拍碎了两根骨头：花椒盐，辣椒酱，来点儿葱花。好，葱花！王二的两只手简直像做着一种熟练的游戏，流转轻利，可又笔笔送到，不苟且，不油滑，像一个名角儿。五寸盘子七寸盘子，寿字碗，青花碗，没带东西的用荷叶一包，路远的扎一根麻线。王二的钱龙里一阵阵响，像下雹子。钱龙满了时，王二面前的东西也稀疏了：搪磁盆子这才现出他的白，王二这才看见那两盏高罩子美孚灯，灯上加了一截纸套子。于是王二才想起刚才原就一阵一阵的西北风，到他脖子里是一个冷。一说冷，王二可就觉得他的脚有点麻木了，他掇过一张凳子坐下来，膝碰膝摇他的两条腿。手一不用，就想往袖子里笼，可是不行，一手油！倒也是油才不皴。王二回头，看见儿子扣子。扣子伏在板上记账，弯腰曲背，窝成一团。这孩子！

一定又是"姜陈韩杨"的韩字弄不对了，多一划少一划在那里一个人商量呢。

里边谈笑声音他听得见，他入神，皱眉，张目结舌，笑。他们说雷打泰山庙旗杆，这事他清楚，他很想插一句，脚下有欲动之势。还是留在凳子上吧！他不愿留下扣子一个人，零碎生意却还有几个的。

到承天寺幽冥钟声音越来越清楚，拉洋车的徐大虎子，一路在人家墙上印过走马灯似的影子，王二把他老婆送来的晚饭打开，父子两个吃起来。照例他们吃晚饭时抽大烟的烤鸭架子挟了个酒瓶来切搁风。放下碗，打更的李三买去羊尿泡。再，大概就不会有人来了。王二又坐了一会，今天早一点吧，趁三碗饭的暖气未消，把摊子收拾了，一件一件放到店堂后头过道里来。

王二东西多，他跟他扣子两个人还得搬三四趟。店堂里这几位是每天看熟了，然而他们还是看，看他过来，过去，像姑娘看人家发嫁妆。用手用脚的是这两个人，然而好像大家全来合作似的。自然这其间淡漠热烈程度不同。最后至那块镜框子摘下来，王二从过道里带出一捆白天买好的葱。王二把他的葱放在两脚之间而坐下了。坐在那张空着的椅子上。

"二老板！生意好？"

"托福托福，甚么话，'二老板！'不要开玩笑好不好！"

王二这一坐下，大家重新换了一遍烟茶；王二一坐下，表示全城再没有甚么活动了。灯火照在人家槅子纸上，河边园上乌青菜叶子已抹了薄霜。阻风的船到了港，旅馆子茶房送完了洗脚汤。知道所有人都已得到舒休，这教自己的轻松就更完全。

谈话承前启后的接下来。

这里并未"多"这么一个王二。无庸为王二而把一套话收起来，或特为搬出一套。而且王二来，说话的人高兴，高兴多了一个人听。不止多了一个人听，是来了个听话的人。王二从不打断别人的话，跟人抬杠，抢别人的话说。他简直没有甚么话，听别人的。王二总像知道得那么少，虚怀若谷的听，听得津津有味，"唉"，"噢"，诚诚恳恳的惊奇动色，像个小孩子。最多，比方说像雷打泰山庙旗杆，他知道，他也让你说，末了他补充发挥几句，而已。王二他大概不知道谦虚这两个字到底该怎么讲，于是他就谦虚得到了家了。

这里的人，自然不会有甚么优越感。王二呢，他自己要自己懂得分寸。这里几位，都是店里的"先生"，两个客人，一个在外地做过师爷,看过琼花观的琼花;一个教蒙馆,他儿子扣子都曾经是他学生。王二知道自己决写不出一封"某某仁翁台电"的信,用他自己的话说,"不敢乱来。"

叫一声"二老板"的,当然有一种调侃的意思在。不过这实在全非恶意,叫这么一声真是欢欢喜喜的。为王二欢喜,简直连嫉妒的意思都没有。那个学徒的这时把货拣完了,一齐挪到一张大匾子里。他看看老《申报》,晓得一个新名词,他心里念"王二是个'幸运儿'。"他笑,笑王二是个幸运儿,笑他自己知道这三个字。

王二真的是不敢当。他红了若干次脸才能不红。(他是为"二老板"而红脸。)

王二随时像做官的见上司一样,不落落实实的坐,虽然还不至于"斜签着"。即是跟他儿子,他老婆在一处,甚至一个人,他也从不往椅子背上一靠,两条腿伸得挺挺的。他的胳臂总是贴着他的肋骨。他说话时也兴奋,激动,鼓舞,但动跳的是他的肌肉,他的心,他不指手画脚,有为加重语气而来一个响榧子。他吃饭,尽管甚么事都没有,也是赶活儿一样急急吃了。喝茶,到后头大锡壶里倒得一杯,咕噜噜灌下去,不会一口一口的呷,更不会一边呷,一边把茶杯口在牙齿上轻轻的叩。就说那捆葱,他不会到临走时再去拿吗,可他不,随手就带了来。王二从不缺薄,谢三秀才就是谢三秀才,不是甚么"黑漆皮灯笼谢三秀才"。他也叫烤鸭架子为烤鸭架子,那是因为烤鸭架子姓名久经湮没,王二无法觅访也。

"王二的摊子"虽然已经像一个小店了,还是"王二的摊子"。

今天实在是王二的摊子最后一天了。明天起世界上就没有王二的摊子。

王二赁定了隔壁旱烟店半间门面。旱烟店虽还开着门,这两年来实在生意清淡,本钱又少,只能养两个刨烟师傅,一个站柜的火食,王二来,自然欢迎。老板且想到不出一年,自己要收生意,一齐顶给王二。王二的哥哥王大是个挑箩的,也对付着能做一点木匠活,(王大王二原不住在一齐,这以后,王二叫他搬到他家里来住。)已经丁丁东东的弄了两天,一个小柜台即将完成。王二又买了十几个带盖子的洋油铁箱,一口玻璃橱子,一张小桌子,扣子可以记记账。准备准备,三天之后即可搬了过去。

能不搬,王二决不搬。王二在这个檐下吹过十几个冬天的西北风，他没有想到要舒服舒服。这么一丈来长，四尺宽的地方他爱得很。十几年来他在一定时候，依一定步骤在这里支开架子，搁上板子，那里地上一个坑，该垫一个砖片，那里一根椽子特别粗，他熟得很。春天燕子在对面电话线上唧唧呱呱，夏天瓦沟里长瓦松，蜘蛛结网，壁虎吃苍蝇，他记得清清楚楚。晚上听里边说话已成了个习惯。要他离开这里简直是从画儿上剪下一朵花来。而且就这个十几年里头，他娶了老婆生了扣子，扣子还有个妹妹。他这些盒子盆子一年一年多起来，满起来，可是就因为多起来满起来，他要搬家了。这么点地方实在挤得很。这些东西每天搬进搬出，在人家那儿堆了一大堆也过意不去。风沙大，雨大，下雪的时候，化雪的时候，就别提多不方便了。还有，他不愿意他的扣子像他一样在这个檐下坐一辈子。扣子也不小了。

你不难明白王二听到"二老板"时心里一些综错感情。

于是王二搬家了。王二这就不再在店前摆摊子了。

虽然只隔一层墙，究竟是个分别。王二没事时当然会来坐坐，晚上尤其情不自禁的要溜过来的，但彼此将终不免有一分冷清。王二现在来，是来辞行了。他们没有想到这四个字：依依不舍，但说出来就无法否认，虽然只一点点，一点点，埋在他们心里。人情，是不可免的。只缺少一个倾吐罢了。然而一定要倾吐么？

王二呢，他是说来谈谈的。"谈谈"的意思是商量一点事情，甚么事情王二肯听听别人意见。今天更有须要向人请教的。他过三天。大小开了一爿店。是店得有个字号。这事前些日子大家早就提到过。

"二老板！ 黑漆招牌金漆字，如意头子上扎红彩。写魏碑的有崔老夫子，王二太爷石门颂。四个吹鼓手，两根杠子，嗨唷嗨唷，南门抬到北门！ 从此青云直上，恭喜恭喜！"

王二又是"托福托福，莫开玩笑。"自然心里也有些东西闪闪烁烁翻动。招牌他不想做，但他少不了有些往来账务，收条发单，上头得有个图章。他已经到市场逛了逛，买了两本蓝油夏布面子的新账本，一个青花方瓷印色盒子。他一想到扣子把一方万胜边枣木戳子蘸上印色，呵两口气，盖在一张粉莲纸上，他的心扑通扑通直跳，他一直想问问他们可给他斟酌定了，不好意思。现在，他正在盘算着怎么出口。他嘀咕着："明天，后天，大后天，哎呀！——"他着急要来不及了。刻图章的陈老三认识，赶是可以赶的，总不能弄到最后一天去。他心里有事，别人说甚么事，那么起劲，他没听到。他脸上发热,耳朵都红了。

教蒙馆的陆先生叫了一声,

"王老二!"

"喤,甚么事陆先生?"

"你的那个字号啊,——"

"唉。"

"我们大家推敲过了。"

"承情承情!"

"乾啦,泰啦,丰啦,隆啦,昌啦,……都不大合适,这个,这个,你那个店不大,怕不大称。(王二正想到这个。)你末,叫王义成,你儿子叫王坤和,你不是想日后把店传给儿子吗,我们觉得还是从你们两个名字当中各取一个字,就叫王义和好了。你这个生意路子宽,不限甚么都可以做,也不必底下再赘甚么字,就叫'王义和号'好了。如何,你以为?"

王二一句一句的听进去,他听王少堂说"武十回"打虎杀嫂也没这么经心,他一辈子没听过这么好听的声音,陆先生点火吃烟,他连忙:

"好极了,好极了。"

陆先生还有话:

"图章呢,已经给你刻好了,在卢先生那儿。"

王二嘴里一声"啊——"他说不出话来。这他实在没有想到! 王二如果还能哭,这时他一定哭。别人呢,这时也都应当唱起来。他们究竟是那么样的人,感情表达在他们的声音里,话说得快些,高些,活泼些。他们忘记了时间,用他们一生之中少有的狂兴往下谈。扣子已经把一盏马灯点好,靠在屏门上等了半天,又撑开罩子吹熄了。

自然先谈了许多往事。这里有几个老辈子,事情记得真清楚。王二父亲甚么时候死的,那时候他怎么瘦得像个猴子,到粥厂拾个粮子打粥去。怎么那年跌了一交,额角至今有个疤,怎么挎了个篮子卖花生、卖梨、卖柿饼子、卖荸荠;怎么开始摆熏烧摊子;……王二痛定思痛,简直伤心,伤心又快乐,总结起来心里满是感激。他手里一方木戳子不歇的掂来掂去。

"一切是命。八个字注得定定的。抬头朱洪武,低头沈万山,猴一猴是个穷范单。除了命,是相。耸肩成山字,可以麒麟阁上画图。朱洪武生来一副五岳朝天的脸! 汉高祖屁股上有七十二颗黑痣,少一颗坐不了金銮宝殿! 一个人多少有点异像,才能发。"

于是谈了古往今来，远山近水的穷达故事。

最后自然推求王二如何能有今天了。

王二这回很勇敢，用一种非常严重的声音，声音几乎有点抖，说：

"我呀，我有一个好处：大小解分清。大便时不小便。喏，上毛房时，不是大便小便一齐来。"

他是坐着说的，但听声音是笔直的站着。

大家肃然。随后是一片低低的感叹。

这时门外一声：

"爹！你怎么还不回去？"

来的是王二女儿，瘦瘦小小，像她爹，她手里一张灯笼，女儿后面是他哥哥王大，王大又高又大，一脸络腮胡子，瞪着两眼。

那架老钟抖抖搂搂的一声一声的敲，那个生锈的钢簧一圈一圈振动，仿佛声音也是一个圈一个圈扩散开来，像投石子水，颤颤巍巍。数。铛，——铛，——铛，——铛，……一共十下。

王二起来。

"来了来了。这么冷的天，谁教你来的！"

"妈！"

忽然哄堂大笑。

"少陪少陪。"

王二走了一步，又站着：

"大后儿，在对面聚兴楼，给个脸，一定到，早到，没有甚么菜，喝一杯，意思意思，那天一早晨我来邀。

"少陪你老。少陪，卢先生。少陪，陆先生，……

"扣子！把妹妹手上灯笼接过来！马灯不用点了，我拿着。"

大家目送王二一家出门。

街上这时已断行人，家家店门都已上了。门缝里有的尚有一线光透出来。王二一家稍为参差一点的并排而行。王大在旁，过来是扣子，王二护定他女儿走在另一边。灯笼的光圈幌，幌，幌过去。更锣声音远远的在一段高高的地方敲，狗吠如豹，霜已经很重了。

"聋子放炮仗，我们也散了。"师爷与学究连袂出去，这家店门也阖起来。

学徒的上茅房。

十二月三日写成。上海

注释

① 本篇原载《文学杂志》1948年第二卷第十期。初收《汪曾祺全集》第一卷，北京师范大学出版社，1998年8月。

职 业[①]

巷子里常有卖"椒盐饼子西洋糕"的走过。所卖皆平常食物，除了油条大饼豆菜包子之外便是那种椒盐饼子跟西洋糕。椒盐饼子是马蹄形面饼，弓处微厚，平处削薄，烘得软软的，因有椒盐，颜色淡黄如秋天的银杏叶子。西洋糕是一种菱形发面方糕，松松的，厚可寸许，当中夹两层薄薄的红糖浆。穿了洁白大布衣裳，抽了几袋糯米香金堂叶子烟，泛览周王传，流观山海图，到日影很明显的偏了西，有点微饿了，沏新茶一碗，买那么两块来慢慢的嚼，大概可以尝出其中的香美；否则味道是很平淡的。老太太常买了来哄好哭作闹的孩子，因为还大，而且在她们以为比吃糖豆杂食要"养人"些。车夫苦力们吃它则不过为了充饥罢了。糕饼和那种叫卖声音都是昆明僻静里巷间所特有。虽然不知道为甚么叫作"西洋糕"，或者正因为叫"西洋糕"吧，总使人觉得其"古"，跟这个已经在它上面建立出许多新事物来的老城极相谐合。早晨或黄昏，你听他们叫：

"椒盐饼 —— 子西洋糕……"

若是谱出来，其音调是：

so so la——la so mi rai

这跟那种"有旧衣烂衫抓来卖"同为古城悲哀的歌唱之最具表情者。收旧衣烂衫的是女人多，嗓音多尖脆高拔。卖椒盐饼子西洋糕的常为老人及小孩。老人声音苍沉，孩子稚嫩游转，（因为巷子深，人少，回声大，不必因拼命狂叫，以致嘶嗄，）在广大的沉寂与远细的市声之上升起，搅带出许多东西，闪一闪，又溅落下来。偶然也有年青青的小伙子挎一个竹篮叫卖，令人觉得可惜，谁都不会以为这是一个理想的职业的。他们多把"椒"念成"皆"，而"洋"字因为昆明话缺少真正的鼻音，听起来成了"牙"。"盐"读为"一"，"子"字常常吃了，只舌头微顶一顶，意思到了，"西洋"两字自然切成了一个音。所以留心了好一阵我才闹清楚他们叫的是甚么，知道了自然得意十分。—— 是谁第一个那么叫的？这几个字的唇齿开阖（特别是在昆明话里）配搭得恰到好处，听起来悲哀，悲哀之中有时又每透出一种谐趣。（这两样感情原是极相邻近的。）孩子们为之感动，极爱效学。有时一高兴就唱成了：

"捏着鼻 —— 子吹洋号！"

一定有孩子小时学叫，稍大当真就作此生涯了的。

老在我们巷子里叫卖的一个孩子，我已见他往来卖了几年，眼看着大起来了。他举动之间已经涂抹了许多人生经验。一望而知，不那么傻，不那么怯了，头上常涂油，学会在耳后夹一枝香烟，而且不再怕那些狗。他逐渐调皮刁恶，极会幸灾乐祸的说风凉话，捉弄乡下人，欺侮瞎子。可是，他还是不得不卖他的椒盐饼子西洋糕！声音可多少改变了一点，你可以听得出一点嘲讽，委屈，疲倦，或者还有寂寞，种种说不清，混在一起的东西。

有一天，我在门前等一个人来，他来了。也许他今天得到休息，（大姨妈家老二接亲啦，帮老板去摇一会啦，反正这一类的喜事，）也许他竟已得到机会，改了行业，（不顶像，）他这会儿显然完全从职业中解放出来。你从他身上看出一个假期，一个自在之身。没有竹篮，而且新草鞋上红带子红得真鲜。他潇潇洒洒的走过去，轻松的脚步，令人一下

子想起这是四月中的好天气。而,这小子！走近巷尾时他饱满充和的吆喝了一声:

"椒盐饼 —— 子西洋糕。"

听自己声音像从一团线上抽一段似的抽出来,又轻轻的来了一句:

"捏着鼻 —— 子吹洋号⋯⋯"

三十六年六月中

注释

① 本篇原载1947年6月28日天津《益世报》。初收《汪曾祺全集》第一卷,北京师范大学出版社,1998年8月。

如意楼和得意楼[1]

扬州人早上皮包水（上茶馆），晚上水包皮（上澡堂子）。扬八属（扬州所属八县）莫不如此，我们那个小县城就有不少茶楼。竺家巷是一条不很长，也不宽的巷子，巷口就有两家茶馆。一家叫如意楼，一家叫得意楼。两家茶馆斜对门。如意楼坐西朝东，得意楼坐东朝西。两家离得很近。下雨天，从这家到那家，三步就能跳过去。两家的楼上的茶客可以凭窗说话，不用大声，便能听得清清楚楚。如要隔楼敬烟，把烟盒轻轻一丢，对面便能接住。如意楼的老板姓胡，人称胡老板或胡老二。得意楼的老板姓吴，人称吴老板或吴老二。

上茶馆并不是专为喝茶。茶当然是要喝的。但主要是去吃点心。所以"上茶馆"又称"吃早茶"。"明天我请你吃早茶。"——"我的东，我的东！"——"我先说的，我先说的！"

茶馆又是人们交际应酬的场所。摆酒请客，过于隆重。吃早茶则较为简便，所费不多。朋友小聚，店铺与行客洽谈生意，大都是上茶馆。间或也有为了房地纠纷到茶馆来"说事"的。有人居中调停，两下拉拢；有人仗义执言，明辨是非，有点类似江南的"吃讲茶"。上茶馆是我们那一带人生活里的重要项目，一个月里总要上几次茶馆。有人甚至是每天上茶馆的，熟识的茶馆里有他的常座和单独给他预备的茶壶。

扬州一带的点心是很讲究的，世称"川菜扬点"。我们那个县里茶馆的点心不如扬州富春那样的齐全，但是品目也不少。计有：

包子。这是主要的。包子是肉馅的（不像北方的包子往往掺了白菜或韭菜）。到了秋天，螃蟹下来的时候，则在包子嘴上加一撮蟹肉，谓之"加蟹"。我们那里的包子是不收口的。捏了摺子，留一个小圆洞，可以看到里面的馅。"加蟹"包子每一个的口上都可以看到一块通红的蟹黄，油汪汪的，逗引人们的食欲。野鸭肥壮时，有几家大茶馆卖野鸭馅的包子，一般茶馆没有。如意楼和得意楼都未卖过。

蒸饺。皮极薄，皮里一包汤汁。吃蒸饺须先咬破一小口，将汤汁吸去。吸时要小心，否则烫嘴。蒸饺也是肉馅，也可以加笋，——加切成米粒大的冬笋细末，则须于正价之外，另加笋钱。

烧麦。烧麦通常是糯米肉末为馅。别有一种"清糖菜"烧麦，乃以青菜煮至稀烂，菜叶菜梗，都已溶化，略无渣滓，少加一点盐，加大量的白糖、猪油，搅成糊状，用为馅。这种烧麦蒸熟后皮子是透明的，从外面可以看到里面碧绿的馅，故又谓之翡翠烧麦。

千层油糕。

糖油蝴蝶花卷。

蜂糖糕。

开花馒头。

在点心没有上桌之前，先喝茶，吃干丝，我们那里茶馆里吃点心都是现要，现包，现蒸，现吃。笼是小笼，一笼蒸十六只。不像北方用大笼蒸出一屉，拾在盘子里。因此要了点心，得等一会。喝茶、吃干丝的时候，也是聊天的时候，干丝是扬州镇江一带特有的东西。压得很紧的方块豆腐干，用快刀劈成薄片，再切为细丝，即为干丝。干丝有两种。一种是烫干丝，干丝在开水里烫后，加上好秋油、小磨麻油、金钩虾米、姜丝、青蒜末。上桌一拌，香气四溢。一种是煮干丝，乃以鸡汤煮成，加虾米、火腿。煮干丝较俗，不如烫干丝清爽。吃干丝必须喝浓茶。吃一筷干丝，呷一口茶，这样才能各有余味，相得益彰。有爱喝酒的，也能就干丝喝酒。早晨喝酒易醉。常言说："莫饮卯时酒，昏昏直至酉。"但是我们那里爱喝"卯酒"的人不少。这样喝茶、吃干丝，吃点心，一顿早茶要吃两个来小时。我们那里的人，过去的生活真是够悠闲的。——一九八一年我回乡一次，吃早茶的风气还有，但大家吃起来都是匆匆忙忙的了。恐怕原来的生活节奏也是需要变一变。

如意楼的生意很好。一大清早，小徒弟就把铺板卸了，把两口炉灶生起来，——一口烧开水，一口蒸包子，巷口就弥漫了带硫磺味道的煤烟。一个师傅剁馅。茶馆里剁馅都是在一个高齐人胸的粗大的木墩上剁。师傅站在一个方木块上，两手各执一把厚背的大刀，抡起胳膊，乒乒乓乓地剁。一个师傅就一张方桌边切干丝。另外三个师傅揉面。"打到的媳妇揉到的面"，包子皮有没有咬劲，全在揉。他们都很紧张,很专注,很卖力气。一天就这样开始了。

如意楼的胡二老板有三十五六了。他是个矮胖子,生得五短,但是很精神。双眼皮,大眼睛,满面红光,一头乌黑的短头发。他是个很勤勉的人。每天早起,店门才开,他即到店。各处巡视,尝尝肉馅咸淡,切开揉好的面,看看蜂窝眼的大小。我们那里包包子的面不能发得太大,不像北方的包子,过于暄腾,得发得只起小孔,谓之"小酵面"。这样才筋道,而且不会把汤汁渗进包子皮。然后,切下一小块面,在烧红的火叉上烙一烙,闻闻面香,看兑碱兑的合适不合适。其实师傅们调馅兑碱都已很有经验,准保咸淡适中,酸碱合度,不会有差。但是胡老二还是每天要视验一下,方才放心。然后,就坐下来和师傅们一同擀皮子、刮馅儿、包包子、烧麦、蒸饺……(他是学过这行手艺的,是城里最大的茶馆小蓬莱出身)茶馆的案子都是比较矮的,他一坐下,就好像短了半截。如意楼做点心的有三个人,连胡老二自己,四个。胡二老板坐在靠外的一张矮板凳上,为的是有熟客来时,好欠起屁股来打个招呼:"您来啦! 您请楼上坐!"客人点点头,就一步一步登上了楼梯。

胡老二在东街不算是财主,他自己总是很谦虚地说他的买卖本小利微，经不起风雨。他和开布店的、开药店的、开酱园的、开南货店的、开棉席店的……自然不能相比。他既是财东，又是耍手艺的。他穿短衣时多，很少有穿了长衫，摇着扇子从街上走的时候。但是大家都知道他手里很足实，这些年正走旺字。屋里有金银，外面有戥秤。他一天卖了多少笼包子，下多少本，看多少利，本街的人是算得出来的。"如意楼"这块招牌不大，但是很亮堂。招牌下面缀着一个红布条，迎风飘摆。

相形之下，对面的得意楼就显得颇为暗淡。如意楼高朋满座，得意楼茶客不多。上得意楼的多是上城完粮的小乡绅、住在五湖居客栈外地人，本街的茶客少。有些是上了如意楼楼上一看，没有空座，才改主意上对面的。其实两家卖的东西差不多，但是大家都爱上如意楼，不爱上得意楼。这真是没有办法的事。

得意楼的老板吴老二有四十多了，是个细高条儿，疏眉细眼。他自己不会做点心的手艺，整天只是坐在账桌边写账，——其实茶馆是没有多少账好写的。见有人来，必起身为礼："楼上请！"然后扬声吆喝："上来×位！"这是招呼楼上的跑堂的。他倒是穿长衫的。账桌上放着一包哈德门香烟，不时点火抽一根，蹙着眉头想心事。

得意楼年年亏本，混不下去了。吴老二只好改弦更张，另辟蹊径。他把原来做包点的师傅辞了，请了一个厨子，茶馆改酒馆。旧店新开，不换招牌，还叫做得意楼。开张三天，半卖半送。鸡鸭鱼肉，煎炒烹炸，面饭两便，气象一新。同街店铺送了大红对子，道喜兼来尝新的络绎不绝，颇为热闹。过了不到二十天，就又冷落下来了。门前的桌案上摆了几盘煎熟了的鱼，看样子都不怎么新鲜。灶上的铁钩上挂了两只鸡，颜色灰白。纱橱里的猪肝、腰子，全都瘪塌塌地摊在盘子里。吴老二脱去了长衫，穿了短袄，系了一条白布围裙，从老板降格成了跑堂的了。他肩上搭了一条抹布，围裙的腰里别了一把筷子。——这不知是一种什么规矩，酒馆的跑堂的要把筷子别在腰里。这种规矩，别处似少见。他脚上有脚垫，又是"跺趾"——脚趾头撅着，走路不利索。他就这样一拐一拧地招呼座客。面色黄白，两眼无神，好像害了一种什么不易治疗的慢性病。

得意楼酒馆看来又要开不下去。一街的人都预言，用不了多久，就会关张的。

吴老二蹙着眉头想：我怎么就这么不走运呢？

他不知道，他的买卖开不好，原因就是他的精神萎靡。他老是这么拖拖沓沓，没精打采，吃茶吃饭的顾客，一看见他的呆滞的目光，就倒了胃口了。

一个人要兴旺发达，得有那么一点精气神。

一九八五年七月上旬作

注释

① 本篇原载《新苑》1986年第一期。初收《汪曾祺自选集》，漓江出版社，1987年10月。

酒家

茶　干[①]

家家户户离不开酱园。开门七件事，柴米油盐酱醋茶，倒有三件和酱园有关：油、酱、醋。

连万顺是东街一家酱园。

他家的门面很好认，是个石库门。麻石门框，两扇大门包着铁皮，用奶头铁钉钉出如意云头。本地的店铺一般都是"铺闼子门"，十二块、十六块门板，晚上上在门坎的槽里，白天卸开。这样的石库门的门面不多。城北只有那么几家。一家恒泰当，一家豫丰南货店。恒泰当倒闭了，豫丰失火烧掉了。现在只剩下北市口老正大棉席店和东街连万顺酱园了。这样的店面是很神气的。尤其显眼的是两边白粉墙的两个大字。黑漆漆出来的。字高一丈，顶天立地，笔划很粗。一边是"酱"，一边是"醋"。这样大的两个字！全城再也找不出来了。白墙黑字,非常干净。没有人往墙上贴一张红纸条,上写:"出卖重伤风,一看就成功";小孩子也不在墙上写:"小三子,吃狗屎"。

店堂也异常宽大。西边是柜台。东边靠墙摆了一溜豆绿色的大酒缸。酒缸高四尺,莹润光洁。这些酒缸都是密封着的。有时打开一缸,由一个徒弟用白铁唧筒把酒汲在酒坛里,酒香四溢,飘得很远。

往后是一个很大的院子,青砖铺地,整整齐齐排列着百十口大酱缸。酱缸都有个帽子一样的白铁盖子。下雨天盖上。好太阳时揭下盖子晒酱。有的酱缸当中掏出一个深洞,如一小井。原汁的酱油从井壁渗出,这就是所谓"抽油"。西边有一溜走廊,走廊尽头是一个小磨坊。一头驴子在里面磨芝麻或豆腐。靠北是三间瓦屋,是做酱菜、切萝卜干的作坊。有一台锅灶,是煮茶干用的。

从外往里,到处一看,就知道这家酱园的底子是很厚实的。——单是那百十缸酱就值不少钱!

连万顺的东家姓连。人们当面叫他连老板,背后叫他连老大。都说他善于经营,会做生意。

连老大做生意,无非是那么几条:

第一，信用好。连万顺除了做本街的生意，主要是做乡下生意。东乡和北乡的种田人上城，把船停在大淖，拴好了船绳，就直奔连万顺，打油、买酱。乡下人打油，都用一种特制的油壶，广口，高身，外面挂了酱黄色的釉，壶肩有四个"耳"，耳里拴了两条麻绳作为拎手，不多不少，一壶能装十斤豆油。他们把油壶往柜台上一放，就去办别的事情去了。等他们办完事回来，油已经打好了。油壶口用厚厚的桑皮纸封得严严的。桑皮纸上盖了一个墨印的圆印："连万顺记"。乡下人从不怀疑油的分量足不足，成色对不对。多年的老主顾了，还能有错？他们要的十斤干黄酱也都装好了。装在一个元宝形的粗篾浅筐里，筐里衬着荷叶，豆酱拍得实实的，酱面盖了几个红曲印的印记，也是圆形的。乡下人付了钱，提了油壶酱筐，道一声"得罪"，就走了。

第二，连老板为人和气。乡下的熟主顾来了，连老板必要起身招呼，小徒弟立刻倒了一杯热茶递了过来。他家柜台上随时点了一架盘香，供人就火吸烟。乡下人寄存一点东西，雨伞、扁担、箩筐、犁铧、坛坛罐罐，连老板必亲自看着小徒弟放好。有时竟把准备变卖或送人的老母鸡也寄放在这里。连老板也要看着小徒弟把鸡拎到后面廊子上，还撒了一把酒糟喂喂。这些鸡的脚爪虽被捆着，还是卧在地上高高兴兴地啄食，一直吃到有点醉醺醺的，就闭起眼睛来睡觉。

连老板对孩子也很和气。酱园和孩子是有缘的。很多人家要打一点酱油，打一点醋，往往派一个半大孩子去。妈妈盼望孩子快些长大，就说："你快长吧，长大了好给我打酱油去！"买酱菜，这是孩子乐意做的事。连万顺家的酱菜样式很齐全：萝卜头、十香菜、酱红根、糖醋蒜……什么都有。最好吃的是甜酱甘露和麒麟菜。甘露，本地叫做"螺螺菜"，极细嫩。麒麟菜是海菜，分很多叉，样子有点像画上的麒麟的角，半透明，嚼起来脆脆的。孩子买了甘露和麒麟菜，常常一边走，一边吃。

一到过年，孩子们就惦记上连万顺了。连万顺每年预备一套锣鼓家伙，供本街的孩子来敲打。家伙很齐全，大锣、小锣、鼓、水镲、碰钟，一样不缺。初一到初五，家家店铺都关着门。几个孩子敲敲石库门，小徒弟开开门，一看，都认识，就说："玩去吧！"孩子们就一窝蜂奔到后面的作坊里，操起案子上的锣鼓，乒乒乓乓敲打起来。有的孩子敲打了几年，能敲出几套十番，有板有眼，像那么回事。这条街上，只有连万顺家有锣鼓。锣鼓声使东街增添了过年的气氛。

敲够了,又一窝蜂走出去,各自回家吃饭。

到了元宵节,家家店铺都上灯。连万顺家除了把四张玻璃宫灯都点亮了,还有四张雕镂得很讲究的走马灯。孩子们都来看。本地有一句歇后语:"乡下人不识走马灯,——又来了!"这四张灯里周而复始,往来不绝的人马车炮的灯影,使孩子百看不厌。孩子们都不是空着手来的,他们牵着兔子灯,推着绣球灯,系着马灯,灯也都是点着了的。灯里的蜡烛快点完了,连老板就会捧出一把新的蜡烛来,让孩子们点了,换上。孩子们于是各人带着换了新蜡烛的纸灯,呼啸而去。

预备锣鼓,点走马灯,给孩子们换蜡烛,这些,连老大都是当一回事的。年年如此,从无疏忽忘记的时候。这成了制度,而且简直有点宗教仪式的味道。连老大为什么要这样郑重地对待这些事呢?这为了什么目的,出于什么心理?实在令人捉摸不透。

第三,连老板很勤快。他是东家,但是不当"甩手掌柜的"。大小事他都要过过目,有时还动动手。切萝卜干、盖酱缸、打油、打醋,都有他一份。每天上午,他都坐在门口晃麻油。炒熟的芝麻磨了,是芝麻酱,得盛在一个浅缸盆里晃。所谓"晃",是用一个紫铜锤出来的中空的圆球,圆球上接一个长长的木把,一手执把,把圆球在麻酱上轻轻的压,压着压着,油就渗出来了。酱渣子沉于盆底,麻油浮在上面。这个活很轻松,但是费时间。连老大在门口晃麻油,是因为一边晃,一边可以看看过往行人。有时有熟人进来跟他聊天,他就一边聊,一边晃,手里嘴里都不闲着,两不耽误。到了下午出茶干的时候,酱园上上下下一齐动手,连老大也算一个。

茶干是连万顺特制的一种豆腐干。豆腐出净渣,装在一个一个小蒲包里,包口扎紧,入锅,码好,投料,加上好抽油,上面用石头压实,文火煨煮。要煮很长时间。煮得了,再一块一块从麻包里倒出来。这种茶干是圆形的,周围较厚,中心较薄,周身有蒲包压出来的细纹,每一块当中还带着三个字:"连万顺",——在扎包时每一包里都放进一个小小的长方形的木牌,木牌上刻着字,木牌压在豆腐干上,字就出来了。这种茶干外皮是深紫黑色的,掰开了,里面是浅褐色的。很结实,嚼起来很有咬劲,越嚼越香,是佐茶的妙品,所以叫做"茶干"。连老大监制茶干,是很认真的。每一道工序都不许马虎。连万顺茶干的牌子闯出来了。车站、码头、茶馆、酒店都有卖的。后来竟有人专门买了到外地送人的。双黄鸭蛋、醉蟹、董糖、连万顺的茶干,凑成四色礼品,馈赠亲友,极为相宜。

连老大就是这样一个人,一个开酱园的老板,一个普普通通、正正派派的生意人,没有什么特别处。这样的人是很难写成小说的。

要说他的特别处,也有。有两点。

一是他的酒量奇大。他以酒代茶。他极少喝茶。他坐在账桌上算账的时候,面前总放一个豆绿茶碗。碗里不是茶,是酒——一般的白酒,不是什么好酒。他算几笔,喝一口,什么也不"就"。一天老这么喝着,喝完了,就自己去打一碗。他从来没有醉的时候。

二是他说话有个口头语:"的时候"。什么话都要加一个"的时候"。"我的时候"、"他的时候"、"麦子的时候"、"豆子的时候"、"猫的时候"、"狗的时候"……他说话本来就慢,加了许多"的时候",就更慢了。如果把他说的"的时候"都删去,他每天至少要少说四分之一的字。

连万顺已经没有了。连老板也故去多年了。五六十岁的人还记得连万顺的样子,记得门口的两个大字,记得酱园内外的气味，记得连老大的声音笑貌，自然也记得连万顺的茶干。

连老大的儿子也四十多了。他在县里的副食品总店工作。有人问他："你们家的茶干，为什么不恢复起来？"他说："这得下十几种药料，现在，谁做这个！"

一个人监制的一种食品，成了一地方具有代表性的土产，真也不容易。不过，这种东西没有了，也就没有了。

一九八五年十二月十二日

注释

① 本篇选自《桥边小说三篇》，原载《收获》1986年第二期。初收《汪曾祺自选集》，漓江出版社，1987年10月。

熟　藕[①]

刘小红长得很好看，大眼睛，很聪明，一街的人都喜欢她。

这里已经是东街的街尾，店铺和人家都少了。比较大的店是一家酱园，坐北朝南。这家卖一种酒，叫佛手曲。一个很大的方玻璃缸，里面用几个佛手泡了白酒，颜色微黄，似乎从玻璃缸外就能闻到酒香。酱菜里有一种麒麟菜，即石花菜。不贵，有两个烧饼的钱就可以买一小堆，包在荷叶里。麒麟菜是脆的，半透明，不很咸，白嘴就可以吃。孩子买了，一边走，一边吃，到了家已经吃得差不多了。

酱园对面是周麻子的果子摊。其实没有什么贵重的果子，不过就是甘蔗（去皮，切段）；荸荠（削去皮，用竹签串成串，泡在清水里）。再就是百合、山药。

周麻子的水果摊隔壁是杨家香店。

杨家香店的斜对面,隔着两家人家,是周家南货店,亦称杂货店。这家卖的东西真杂。红蜡烛。一个师傅把烛芯在一口锅里一枝一枝"蘸"出来,一排一排在房橼子上风干。蜡烛有大有小,大的一对一斤,叫做"大八"。小的只有指头粗,叫做"小牙"。纸钱。一个师傅用木槌凿子在一沓染黄了的"毛长纸"上凿出一溜溜的铜钱窟窿,是烧给死人的。明矾。这地方吃河水,河水浑,要用矾澄清了。炸油条也短不了用矾。碱块。这地方洗大件的衣被都用碱,小件的才用肥皂。浆衣服用的浆面——芡实磨粉晒干。另外在小缸里还装有白糖、红糖、冰糖,南枣、红枣、蜜枣,桂圆、荔枝干、金橘饼、山楂,老板一天说不了几句话,跟人很少来往,见人很少打招呼,有点不近人情。他生活节省,每天青菜豆腐汤。有客人(他也还有一些生意上的客人)来,不敬烟,不上点心,连茶叶都不买一包,只是白开水一杯。因此有人从《百家姓》上摘了四个字,作为他的外号:"白水窦章",白水窦章除了做生意,写帐,没有什么别的事。不看戏,不听说书,不打牌,一天只是用一副骨牌"打通关",抱着一只很肥的玳瑁猫。他并不喜欢猫。是猫避鼠。他养猫是怕老鼠偷吃蜡烛油。打通关打累了，他伸一个懒腰，走到门口闲看。看来往行人，看狗，看碾坊放着青回来的骡马，看乡下人赶到湖西歇伏的水牛，看对面店铺里买东西的顾客。

周家南货店对面是一家绒线店，是刘小红家开的。绒线店卖丝线、花边、绦子，还有一种扁窄上了浆的纱条，叫做"鳝鱼骨子"，是捆扎东西用的。绒线店卖这些东西不用尺量，而是在柜台边刻出一些道道，用手拉长了这些东西在刻出的道道上比一比。刘小红的父亲一天就是比这些道道，一面口中报出尺数："一尺、二尺、三尺……"绒线店还带卖梳头油、刨花（抿头发用）、雪花膏。还有一种极细的铜丝，是穿珠花用的，就叫做"花丝"。刘小红每学期装饰教室扎纸花，都从家里带了一箍花丝去。

刘老板夫妇就这么一个女儿，娇惯得不行，要什么给什么，给她的零花钱也很宽松。刘小红从小爱吃零嘴，这条街上的零食她都吃遍了。

但是她最爱吃的是熟藕。

正对刘家绒线店是一个土地祠。土地祠厢房住着王老，卖熟藕。王老无儿无女，孤身一人，一辈子卖熟藕。全城只有他一个人卖熟藕，谁想吃熟藕，都得来跟王老买。煮熟藕很费时间，一锅藕得用微火煮七八小时，这样才煮得透，吃起来满口藕香。王老夜里煮藕，白天卖，睡得很少。他的煮藕的锅灶就安在刘家绒线店门外右侧。

小红很爱吃王老的熟藕，几乎每天上学都要买一节，一边走，一边吃。

小红十一岁上得了一次伤寒，吃了很多药都不见效。她在床上躺了二十多天，街坊们都来看过她。她吃不下东西。王老到南货店买了蜜枣、金橘饼、山楂糕给送来，她都不吃，摇头。躺了二十多天，小脸都瘦长了，妈妈非常心疼。一天，她忽然叫妈：

"妈！我饿了，想吃东西。"

妈赶紧问：

"想吃什么？给你下一碗饺面？"

小红摇头。

"冲一碗焦屑？"

小红摇头。

"熬一碗稀粥，就麒麟菜？"

小红摇头。

"那你想吃什么？"

"熟藕。"

那还不好办！小红妈拿了一个大碗去找王老，王老说："熟藕？吃得！她的病好了！"

王老挑了两节煮得透透的粗藕给小红送去。小红几口就吃了一节，妈忙说："慢点！慢点！不要吃得那么急！"

小红吃了熟藕，躺下来，睡着了。出了一身透汗，觉得浑身轻松。

小孩子复原得快，休息了一个星期，就蹦蹦跳跳去上学了，手里还是捧了一节熟藕。

日子过得真快，转眼小红二十了，出嫁了。

婆家姓翟，也是开绒线店的。翟家绒线店开在北市口。北市口是个热闹地方，翟家生意很好。丈夫原是小红的小学同学，还做了两年同桌，对小红也很好。

北市口离东街不远，小红隔几天就回娘家看看，帮王老拆洗拆洗衣裳。

王老轻声问小红：

"有了没有？"

小红红着脸说："有了。"

"一定会是个白胖小子！"

"托您的福！"

王老死了。

早上来买熟藕的看看，一锅煮熟藕，还是温热的，可是不见王老来做生意。推开门看看，王老不知什么时候已经断了气。

小红正在坐月子，来不了。她叫丈夫到周家南货店送了一对"大八"，到杨家香店"请"了三股香，叫他在王老灵前点一点，叫他给王老磕三个头，算是替她磕的。

王老死了，全城再没有第二个人卖熟藕。

但是煮熟藕的香味是永远存在的。

注释

① 本篇原载《长江文艺》1995年第六期。初收《矮纸集》，长江文艺出版社，1996年3月。

藕

故里三陈[①]

陈 小 手

  我们那地方,过去极少有产科医生。一般人家生孩子,都是请老娘。什么人家请哪位老娘,差不多都是固定的。一家宅门的大少奶奶、二少奶奶、三少奶奶,生的少爷、小姐,差不多都是一个老娘接生的。老娘要穿房入户,生人怎么行? 老娘也熟知各家的情况,哪个年长的女用人可以当她的助手,当"抱腰的",不须临时现找。而且,一般人家都迷信哪个老娘"吉祥",接生顺当。—— 老娘家都供着送子娘娘,天天烧香。谁家会请一个男性的医生来接生呢? —— 我们那里学医的都是男人,只有李花脸的女儿传其父业,成了全城仅有的一位女医人。她也不会接生,只会看内科,是个老姑娘。男人学医,谁会去学产科呢?都觉得这是一桩丢人没出息的事,不屑为之。但也不是绝对没有。陈小手就是一位出名的男性的产科医生。

陈小手的得名是因为他的手特别小,比女人的手还小,比一般女人的手还更柔软细嫩。他专能治难产。横生、倒生,都能接下来(他当然也要借助于药物和器械)。据说因为他的手小,动作细腻,可以减少产妇很多痛苦。大户人家,非到万不得已,是不会请他的。中小户人家,忌讳较少,遇到产妇胎位不正,老娘束手,老娘就会建议:"去请陈小手吧。"

陈小手当然是有个大名的,但是都叫他陈小手。

接生,耽误不得,这是两条人命的事。陈小手喂着一匹马。这匹马浑身雪白,无一根杂毛,是一匹走马。据懂马的行家说,这马走的脚步是"野鸡柳子",又快又细又匀。我们那里是水乡,很少人家养马。每逢有军队的骑兵过境,大家就争着跑到运河堤上去看"马队",觉得非常好看。陈小手常常骑着白马赶着到各处去接生,大家就把白马和他的名字联系起来,称之为"白马陈小手"。

同行的医生,看内科的、外科的,都看不起陈小手,认为他不是医生,只是一个男性的老娘。陈小手不在乎这些,只要有人来请，立刻跨上他的白走马，飞奔而去。正在呻吟惨叫的产妇听到他的马脖子上的銮铃的声音，立刻就安定了一些。他下了马，即刻进产房。过了一会（有时时间颇长），听到哇的一声，孩子落地了。陈小手满头大汗，走了出来，对这家的男主人拱拱手："恭喜恭喜！母子平安！"男主人满面笑容，把封在红纸里的酬金递过去。陈小手接过来，看也不看，装进口袋里，洗洗手，喝一杯热茶，道一声"得罪"，出门上马。只听见他的马的銮铃声"哗棱哗棱"……走远了。

陈小手活人多矣。

有一年，来了联军。我们那里那几年打来打去的，是两支军队。一支是国民革命军，当地称之为"党军"；相对的一支是孙传芳的军队。孙传芳自称"五省联军总司令"，他的部队就被称为"联军"。联军驻扎在天王庙，有一团人。团长的太太（谁知道是正太太还是姨太太），要生了，生不下来。叫来几个老娘，还是弄不出来。这太太杀猪也似的乱叫。团长派人去叫陈小手。

陈小手进了天王庙。团长正在产房外面不停地"走柳"。见了陈小手，说：

"大人，孩子，都得给我保住！保不住要你的脑袋！进去吧！"

这女人身上的脂油太多了，陈小手费了九牛二虎之力，总算把孩子掏出来了。和这个胖女人较了半天劲，累得他筋疲力尽。他逦里歪斜走出来，对团长拱拱手：

"团长！恭喜您，是个男伢子，少爷！"

团长呲牙笑了一下，说："难为你了！——请！"

外边已经摆好了一桌酒席。副官陪着。陈小手喝了两盅。团长拿出二十块现大洋，往陈小手面前一送：

"这是给你的！——别嫌少哇！"

"太重了！太重了！"

喝了酒，揣上二十块现大洋，陈小手告辞了："得罪！得罪！"

"不送你了！"

陈小手出了天王庙，跨上马。团长掏出枪来，从后面，一枪就把他打下来了。

团长说："我的女人，怎么能让他摸来摸去！她身上，除了我，任何男人都不许碰！这小子，太欺负人了！日他奶奶！"

团长觉得怪委屈。

陈 四

陈四是个瓦匠,外号"向大人"。

我们那个城里,没有多少娱乐。除了听书,瞧戏,大家最有兴趣的便是看会,看迎神赛会,——我们那里叫做"迎会"。

所迎的神,一是城隍,一是都土地。城隍老爷是阴间的一县之主,但是他的爵位比阳间的县知事要高得多,敕封"灵应侯"。他的气派也比县知事要大得多。县知事出巡,哪有这样威严,这样多的仪仗队伍,还有各种杂耍玩艺的呢?再说打我记事起,就没见过县知事出巡过,他们只是坐了一顶小轿或坐了自备的黄包车到处去拜客。都土地东西南北四城都有,保佑境内的黎民,地位相当于一个区长。他比活着的区长要神气得多,但比城隍菩萨可就差了一大截了。他的爵位是"灵显伯"。都土地都是有名有姓的。我所居住的东城的都土地是张巡。张巡为什么会到我的家乡来当都土地呢,他又不是战死在我们那里的,这一点我始终没有弄明白。张巡是太守,死后为什么倒降职成了区长了呢?我也不明白。

都土地出巡是没有什么看头的。短簇簇的一群人,打着一些稀稀落落的仪仗,把都天菩萨(都土地为什么被称为"都天菩萨",这一点我也不明白)抬出来转一圈,无声无息地,一会儿就过完了。所谓"看会",实际上指的是看赛城隍。

我记得的赛城隍是在夏秋之交,阴历的七月半,正是大热的时候。不过好像也有在十月初出会的。

那真是万人空巷,倾城出观。到那天,凡城隍所经的耍闹之处的店铺就都做好了准备:燃香烛,挂宫灯,在店堂前面和临街的柜台里面放好了长凳,有楼的则把楼窗全部打开,烧好了茶水,等着东家和熟主顾人家的眷属光临。这时正是各种瓜果下来的时候,牛角酥、奶奶哼(一种很"面"的香瓜)、红瓤西瓜、三白西瓜、鸭梨、槟子、海棠、石榴,都已上市,瓜香果味,飘满一街。各种卖吃食的都出动了,争奇斗胜,吟叫百端。到了八九点钟,看会的都来了。老太太、大小姐、小少爷。老太太手里拿着檀香佛珠,大小姐衣襟上挂着一串白兰花。佣人手里提着食盒,里面是兴化饼子、绿豆糕,各种精细点心。

远远听见鞭炮声、锣鼓声,"来了,来了!"于是各自坐好,等着。

我们那里的赛会和鲁迅先生所描写的绍兴的赛会不尽相

同。前面并无所谓"塘报"。打头的是"拜香的"。都是一些十六七岁的小伙子,光头净脸,头上系一条黑布带,前额缀一朵红绒球,青布衣衫,赤脚草鞋,手端一个红漆的小板凳,板凳一头钉着一个铁管,上插一支安息香。他们合着节拍,依次走着,每走十步,一齐回头,把板凳放到地上,算是一拜,随即转身再走。这都是为了父母生病到城隍庙许了愿的,"拜香"是还愿。后面是"挂香"的,则都是壮汉,用一个小铁钩勾进左右手臂的肉里,下系一个带链子的锡香炉,炉里烧着檀香。挂香多的可至香炉三对。这也是还愿的。后面就是各种玩艺了。

十番锣鼓音乐篷子。一个长方形的布篷,四面绣花篷檐,下缀走水流苏。四角支竹竿,有人撑着。里面是吹手,一律是笙箫细乐,边走边吹奏。锣鼓篷悉有五七篷,每隔一段玩艺有一篷。

茶担子。金漆木桶。桶口翻出,上置一圈细瓷茶杯,桶内和杯内都装了香茶。

花担子。鲜花装饰的担子。

挑茶担子、花担子的扁担都极软,一步一颤。脚步要匀,三进一退,各依节拍,不得错步。茶担子、花担子虽无很难的技巧,但几十副担子同时进退,整整齐齐,亦颇婀娜有致。

舞龙。

舞狮子。

跳大头和尚戏柳翠。②

跑旱船。

跑小车。

最清雅好看的是"站高肩"。下面一个高大结实的男人,肩上站着一个孩子,也就是五六岁,都扮着戏,青蛇、白蛇、法海、许仙,关、张、赵、马、黄,李三娘、刘知远、咬脐郎、火公窦老……他们并无动作,只是在大人的肩上站着,但是衣饰鲜丽,孩子都长得清秀伶俐,惹人疼爱。"高肩"不是本城所有,是花了大钱从扬州请来的。

后面是高跷。

再后面是跳判的。判有两种,一种是"地判",一文一武,手执朝笏,边走边跳。一种是"抬判"。两根杉篙,上面绑着一个特制的圈椅,由四个人抬着。圈椅上蹲着一个判官。下面有人举着一个扎在一根细长且薄的竹片上的红绸做的蝙蝠,逗着判官。竹片极软,有弹性,忽上忽下,判官就追着蝙蝠,做出各种带舞蹈性的动作。他有时会跳到椅背上,甚至能在上面打飞脚。抬判不像地判只是在地面做一些滑稽的动作,这是要会一点"轻功"的。有一年看会,发现跳抬判的竟是我的小学的一个同班同学,不禁哑然。

迎会的玩艺到此就结束了。这些玩艺的班子,到了一些大店铺的门前,店铺就放鞭炮欢迎,他们就会停下来表演一会,或绕两个圈子。店铺常有犒赏。南货店送几大包蜜枣,茶食店送糕饼,药店送凉药洋参,绸缎店给各班挂红,钱庄则干脆扛出一钱板一钱板的铜元,俵散众人。

后面才真正是城隍老爷(叫城隍为"老爷"或"菩萨"都可以,随便的)自己的仪仗。

前面是开道锣。几十面大筛同时敲动。筛极大,得吊在一根杆子上,前面担在一个人的肩上,后面的人担着杆子的另一头,敲。大筛的节奏是非常单调的:哐(锣槌头一击)定定(槌柄两击筛面)哐定定哐,哐定定哐定定哐……如此反复,绝无变化。唯其单调,所以显得很庄严。

后面是虎头牌。长方形的木牌,白漆,上画虎头,黑漆扁宋体黑字,大书"肃静"、"迴避"、"敕封灵应侯"、"保国佑民"。

后面是伞,——万民伞。伞有多柄,都是各行同业公会所献，彩缎绣花，缂丝平金，各有特色。我们县里最讲究的几柄伞却是纸伞。碛石所出。白宣纸上扎出芥子大的细孔，利用细孔的虚实，衬出虫鱼花鸟。这几柄宣纸伞后来被城隍庙的道士偷出来拆开一扇一扇地卖了，我父亲曾收得几扇。我曾看过纸伞的残片，真是精细绝伦。

最后是城隍老爷的"大驾"。八抬大轿，抬轿的都是全城最好的轿夫。他们踏着细步，稳稳地走着。轿顶四面鹅黄色的流苏均匀地起伏摆动着。城隍老爷一张油白大脸，疏眉细眼五绺长须，蟒袍玉带，手里捧着一柄很大的折扇，端端地坐在轿子里。这时，人们的脸上都严肃起来了，正如鲁迅先生所说：诚惶诚恐，不胜屏营待命之至。

城隍老爷要在行宫（也是一座庙里）呆半天，到傍晚时才"回宫"。回宫时就只剩下少许人扛着仪仗执事，抬着轿子，飞跑着从街上走过，没有人看了。

且说高跷。

我见过几个地方的高跷，都不如我们那里的。我们那里的高跷，一是高，高至丈二。踩高跷的中途休息，都是坐在人家的房檐口。我们县的踩高跷的都是瓦匠，无一例外。瓦匠不怕高。二是能玩出许多花样。

高跷队前面有两个"开路"的，一个手执两个棒槌，不停地"郭郭，郭郭"地敲着。一个手执小铜锣，敲着"光光，光光"。他们的声音合在一起，就是"郭郭，光光；郭郭，光光"。我总觉得这"开路"的来源是颇久远的。老远地听见"郭郭，光光"，就知道高跷来了，人们就振奋起来。

高跷队打头的是渔、樵、耕、读。就中以渔公、渔婆最逗。他们要矮身蹲在高跷上横步跳来跳去做钓鱼撒网各种动作，重心很不好掌握。后面是几出戏文。戏文以《小上坟》最动人。小丑和旦角都要能踩"花梆子"碎步。这一出是带唱的。唱的腔调当中有一出"贾大老爷"。这贾大老爷不知是何许人，只是一个衙役在戏弄他，贾大老爷不时对着一个夜壶口喝酒。他的颠顸总是引得看的人大笑。殿底的是"火烧向大人"。三个角色：一个铁公鸡，一个张嘉祥，一个向大人。向大人名荣，是清末的大将，以镇压太平天国有功，后死于任。看会的人是不管他究竟是谁的，也不论其是非功过，只是看扮演向大人的"演员"的功夫。那是很难的。向大人要在高跷上蹬马，在高跷上坐轿，——两只手抄在前面，"存"着身子，两只脚（两只跷）一蹽一蹽地走，有点像戏台上"走矮子"。他还要能在高跷上做"探海"、"射雁"这些在平地上也不好做的高难动作（这可真是"高难"，又高又难）。到了挨火烧的时候，还要左右躲闪，簸脑袋，甩胡须，连连转圈。到了这时，两旁店铺里的看会人就会炸雷也似地大声叫起"好"来。

擅长表演向大人的，只有陈四，别人都不如。

到了会期，陈四除了在县城表演一回，还要到三垛去赶一场。县城到三垛，四十五里。陈四不卸装，就登在高跷上沿着澄子河堤赶了去。他这一步有丈把远，赶到那里，准不误事。三垛的会，不见陈四的影子，菩萨的大驾不起。

有一年，城里的会刚散，下了一阵雷暴雨，河堤上不好走，他一路赶去，差点没摔死。到了三垛，已经误了。

三垛的会首乔三太爷抽了陈四一个嘴巴，还罚他当众跪了一炷香。

陈四气得大病了一场。他发誓从此再也不踩高跷。

陈四还是当他的瓦匠。

到冬天，卖灯。

冬天没有什么瓦匠活，我们那里的瓦匠冬天大都以糊纸灯为副业，到了灯节前，摆摊售卖。陈四的灯摊就摆在保全堂廊檐下。他糊的灯很精致。荷花灯、绣球灯、兔子灯。他糊的蛤蟆灯，绿背白腹，背上用白粉点出花点，四只爪子是活的，提在手里，来回划动，极其灵巧。我每年要买他一盏蛤蟆灯，接连买了好几年。

陈 泥 鳅

邻近几个县的人都说我们县的人是黑屁股。气得我的一个姓孙的同学，有一次当着很多人褪下了裤子让人看："你们看！黑吗？"我们当然都不是黑屁股。黑屁股指的是一种救生船。这种船专在大风大浪的湖水中救人、救船，因为船尾涂成黑色，所以叫做黑屁股。说的是船，不是人。

陈泥鳅就是这种救生船上的一个水手。

他水性极好，不愧是条泥鳅。运河有一段叫清水潭。因为民国十年、民国二十年都曾在这里决口，把河底淘成了一个大潭。据说这里的水深，三篙子都打不到底。行船到这里，不能撑篙，只能荡桨。水流也很急，水面上拧着一个一个漩涡。从来没有人敢在这里游水。陈泥鳅有一次和人打赌，一气游了个来回。当中有一截，他半天不露脑袋，半天半天，岸上的人以为他沉了底，想不到一会，他笑嘻嘻地爬上岸来了！

他在通湖桥下住。非遇风浪险恶时，救生船一般是不出动的。他看看天色，知道湖里不会出什么事，就呆在家里。

他也好义，也好利。湖里大船出事，下水救人，这时是不能计较报酬的。有一次一只装豆子的船在琵琶闸炸了，炸得粉碎。事后知道，是因为船底有一道小缝漏水，水把豆子浸湿了，豆子吃了水，突然间一齐膨胀起来，"砰"的一声把船撑炸了——那力量是非常之大的。船碎了，人掉在水里。这时跳下水救人，能要钱么？民国二十年，运河决口，陈泥鳅在激浪里救起了很多人。被救起的都已经是家破人亡，一无所有了，陈泥鳅连人家的姓名都没有问，更谈不上要什么酬谢了。在活人身上，他不能讨价；在死人身上，他却是不少要钱的。

人淹死了，尸首找不着。事主家里一不愿等尸首泡胀了漂上来，二不愿尸首被"四水捋子"③钩得稀烂八糟，这时就会来找陈泥鳅。陈泥鳅不但水性好，且在水中能开眼见物。他就在出事地点附近，察看水流风向，然后一个猛子扎下去，潜入水底，伸手摸触。几个猛子之后，他准能把一个死尸托上来。不过得事先讲明，捞上来给多少酒钱，他才下去。有时讨价还价，得磨半天。陈泥鳅不着急，人反正已经死了，让他在水底多呆一会没事。

　　陈泥鳅一辈子没少挣钱，但是他不置产业，一个积蓄也没有。他花钱很撒漫，有钱就喝酒尿了，赌钱输了。有的时候，也偷偷地赒济一些孤寡老人，但嘱咐千万不要说出去。他也不娶老婆。有人劝他成个家，他说："瓦罐不离井上破，大将难免阵头亡。淹死会水的。我见天跟水闹着玩，不定哪天龙王爷就把我请了去。留下孤儿寡妇，我死在阴间也不踏实。这样多好，吃饱了一家子不饥，无牵无挂！"

　　通湖桥桥洞里发现了一具女尸。怎么知道是女尸？她的长头发在洞口外飘动着。行人报了乡约，乡约报了保长，保长报到地方公益会。桥上桥下，围了一些人看。通湖桥是直通运河大闸的一道桥，运河的水由桥下流进澄子河。这座桥的桥洞很高，洞身也很长，但是很狭窄，只有人的肩膀那样宽。桥以西，桥以东，水面落差很大，水势很急，翻花卷浪，老远就听见訇訇的水声，像打雷一样。大家研究，这女尸一定是从大闸闸口冲下来的，不知怎么会卡在桥洞里了。不能就让她这么在桥洞里堵着。可是谁也想不出办法，谁也不敢下去。

　　去找陈泥鳅。

　　陈泥鳅来了，看了看。他知道桥洞里有一块石头，突出一个尖角（他小时候老在洞里钻来钻去，对洞里每一块石头都熟悉）。这女人大概是身上衣服在这个尖角上绊住了。这也是个巧劲儿，要不，这样猛的水流，早把她冲出来了。

"十块现大洋，我把她弄出来。"

"十块？"公益会的人吃了一惊，"你要得太多了！"

"是多了点。我有急用。这是玩命的事！我得从桥洞西口顺水窜进桥洞，一下子把她拨拉动了，就算成了。就这一下。一下子拨拉不动，我就会塞在桥洞里，再也出不来了！你们也都知道，桥洞只有肩膀宽，没法转身。水流这样急，退不出来。那我就只好陪着她了。"

大家都说："十块就十块吧！这是砂锅捣蒜，一锤子！"

陈泥鳅把浑身衣服脱得光光的，道了一声"对不起了！"纵身入水，顺着水流，笔直地窜进了桥洞。大家都捏着一把汗。只听见潋地一声，女尸冲出来了。接着陈泥鳅从东面洞口凌空窜进了水面。大家伙发了一声喊："好水性！"

陈泥鳅跳上岸来，穿了衣服，拿了十块钱，说了声"得罪得罪！"转身就走。

大家以为他又是进赌场、进酒店了。没有，他径直地走进陈五奶奶家里。

陈五奶奶守寡多年。她有个儿子，去年死了，儿媳妇改了嫁，留下一个孩子。陈五奶奶就守着小孙子过，日子很折皱④。这孩子得了急惊风，浑身滚烫，鼻翅扇动，四肢抽搐，陈五奶奶正急得两眼发直。陈泥鳅把十块钱交在她手里，说："赶紧先到万全堂，磨一点羚羊角，给孩子喝了，再抱到王淡人那里看看！"

说着抱了孩子，拉了陈五奶奶就走。

陈五奶奶也不知哪里来的劲，跟着他一同走得飞快。

一九八三年八月一日急就

注释

① 本篇原载《人民文学》1983年第九期。初收《晚饭花集》，人民文学出版社，1985年3月。
② 即唐宋杂戏里的《月明和尚戏柳翠》，演和尚的戴一个纸浆做成的很大的和尚脑袋，白色的脑袋，淡青的头皮，嘻嘻地笑着。我们那里已不知和尚法名月明，只是叫他"大头和尚"。
③ "四水捞子"是一种在水中打捞东西的用具，四面有弯钩，状如一小铁锚，而钩尖极锐利。
④ 这是我的家乡话，意思是很困难，很不顺利。

打 鱼 的[①]

女人很少打鱼。

打鱼的有几种。

一种用两只三桅大船，乘着大西北风，张了满帆，在大湖的激浪中并排前进，船行如飞，两船之间挂了极大的拖网，一网上来，能打上千斤鱼。而且都是大鱼。一条大铜头鱼（这种鱼头部尖锐，颜色如新擦的黄铜，肉细味美，有的地方叫做黄段），一条大青鱼，往往长达七八尺。较小的，也都在五斤以上。起网的时候，如果觉得分量太沉，会把鱼放掉一些，否则有把船拽翻了的危险。这种豪迈壮观的打鱼，只能在严寒的冬天进行，一年只能打几次。鱼船的船主都是个小财主，虽然他们也随船下湖，驾船拉网，勇敢麻利处不比雇来的水性极好的伙计差到哪里去。

一种是放鱼鹰的。鱼鹰分清水、浑水两种。浑水鹰比清水鹰值钱得多。浑水鹰能在浑水里睁眼，清水鹰不能。湍急的浑水里才有大鱼，名贵的鱼。清水里只有普通的鱼，不肥大，味道也差。站在高高的运河堤上，看人放鹰捉鱼，真是一件快事。一般是两个人，一个撑船，一个管鹰。一船鱼鹰，多的可到二十只。这些鱼鹰歇在木架上，一个一个都好像很兴奋，不停地鼓滕子，扇翅膀，有点迫不及待的样子。管鹰的把篙子一摆，二十只鱼鹰扑通扑通一齐钻进水里，不大一会，接二连三的上来了。嘴里都叼着一条一尺多长的鳜鱼，鱼尾不停地搏动。没有一只落空。有时两只鱼鹰合抬着一条大鱼。喝！这条大鳜鱼！烧出来以后，哪里去找这样大的鱼盘来盛它呢？

一种是扳罾的。

一种是撒网的。……

还有一种打鱼的：两个人，都穿了牛皮缝制的连鞋子、裤子带上衣的罩衣，颜色白黄白黄的，站在齐腰的水里。一个张着一面八尺来宽的兜网；另一个按着一个下宽上窄的梯形的竹架，从一个距离之外，对面走来，一边一步一步地走，一边把竹架在水底一戳一戳地戳着，把鱼赶进网里。这样的打鱼的,只有在静止的浅水里,或者在虽然流动但水不深,流不急的河里,如护城河这样的地方,才能见到。这种打鱼的,每天打不了多少,而且没有很大的,很好的鱼。大都是不到半斤的鲤鱼拐子、鲫瓜子、鲶鱼。连不到二寸的"罗汉狗子",薄得无肉的"猫杀子",他们也都要。他们时常会打到乌龟。

在小学校后面的苇塘里,臭水河,常常可以看到两个这样的打鱼的。一男一女。他们是两口子。男的张网,女的赶鱼。奇怪的是,他们打了一天的鱼,却听不到他们说一句话。他们的脸上既看不出高兴,也看不出失望、忧愁,总是那样平平淡淡的,平淡得近于木然。除了举网时听到潋的一声,和梯形的竹架间或搅动出一点水声,听不到一点声音。就是举网和搅水的声音,也很轻。

有几天不看见这两个穿着黄白黄白的牛皮罩衣的打鱼的了。又过了几天,他们又来了。按着梯形竹架赶鱼的换了一个人,一个十五六岁的小姑娘。辫根缠了白头绳。一看就知道,是打鱼人的女儿。她妈死了,得的是伤寒。她来顶替妈的职务了。她穿着妈穿过的皮罩衣,太大了,腰里窝着一块,更加显得臃肿。她也像妈一样,按着梯形竹架,一戳一戳地戳着,一步一步地往前走。

她一定觉得:这身湿了水的牛皮罩衣很重,秋天的水已经很凉,父亲的话越来越少了。

注释

① 本篇选自《故乡人》,原载《雨花》1981年第十期。初收《晚饭花集》,人民文学出版社,1985年3月。

金 大 力[①]

金大力想必是有个大名的,但大家都叫他金大力,当面也这样叫。为什么叫他金大力,已经无从查考。他姓金,块头倒是很大。他家放剩饭的淘箩,年下腌制的风鱼咸肉,都挂得很高,别人够不着,他一伸手就能取下来,不用使竹竿叉棍去挑,也不用垫一张凳子。身大力不亏。但是他是不是有很大的力气,没法证明。关于他的大力,没有什么传说的故事,他没有表演过一次,也没有人和他较量过。他这人是不会当众表演,更不会和任何人较量的。因此,大力只是想当然耳。是不是和戏里的金大力有什么关系呢?也说不定。也许有。他很老实,也没有什么本事,这一点倒和戏里的金大力有点像。戏里的金大力只是个傻大个儿,哪次打架都有他,有黄天霸就有他,但哪回他也没有打得很出色。人们在提起金大力时，并不和戏台上那个戴着红缨帽或盘着一条大辫子，拿着一根可笑的武器，——一根红漆的木棍的那个金大力的形象联系起来。这个金大力和那个金大力不大相干。这个金大力只是一个块头很大的，家里开着一爿茶水炉子，本人是个瓦匠头儿的老实人。

他怎么会当了瓦匠头儿呢？

按说，瓦匠里当头儿的，得要年高望重，手艺好，有两手绝活，能压众，有口才，会讲话，能应付场面，还得有个好人缘儿。前面几条，金大力都不沾。金大力是个很不够格的瓦匠，他的手艺比一个刚刚学徒的小工强不了多少，什么活也拿不起来。一般老师傅会做的活，不用说相地定基，估工算料，砌墙时挂线，布瓦时堆瓦脊两边翘起的山尖，用一把瓦刀舀起半桶青灰在瓦脊正中塑出花开四面的浮雕……这些他统统不会，他连砌墙都砌不直！当了一辈子瓦匠，砌墙会砌出一个鼓肚子，真也是少有。他是一个瓦匠头，只能干一些小工活，和灰送料，传砖递瓦。这人很拙于言词，一天说不了几句话，老是闷声不响，他不会说几句恭喜发财，大吉大利的应酬门面话讨主人家喜欢；也不会说几句夸赞奉承，道劳致谢的漂亮话叫同行高兴；更不会长篇大套地训教小工以显示一个头儿的身份。他说的只是几句实实在在的大实话。说话很慢，声音很低，跟他那副大骨架很不相符。只有一条，他倒是具备的：他有一个好人缘儿。不知道为什么，他的人缘儿会那么好。

这一带人家，凡有较大的泥工瓦活，都愿意找他。一般的零活，比如检个漏，修补一下被雨水冲坍的山墙，这些，直接雇两个瓦匠来就行了，不必通过金大力。若是新建房屋，或翻盖旧房，就会把金大力叫来。金大力听明白了是一个多大的工程，就告辞出来。他算不来所需工料、完工日期，就去找有经验的同行商议。第二天，带了一个木匠头儿，一个瓦匠老师傅，拿着工料单子，向主人家据实复告。主人家点了头，他就去约人、备料。到窑上订砖、订瓦，到石灰行去订石灰、麻刀、纸脚。他一辈子经手了数不清的砖瓦石灰，可是没有得过一手钱的好处。

这里兴建动工有许多风俗。先得"破土"。由金大力用铁锹挖起一小块土，铲得四方四正，用红纸包好，供在神像前面。——这一方土要到完工时才撤去。然后，主人家要请一桌酒。这桌酒有两点特别处，一是席面所用器皿都十分粗糙，红漆筷子，蓝花粗瓷大碗；二是，菜除了猪肉、豆腐外，必有一道泥鳅。这好像有一点是和泥瓦匠开玩笑，但瓦匠都不见怪，因为这是规矩。这桌酒，主人是不陪的，只是出来道一声"诸位多辛苦"，然后就委托金大力："金师傅，你陪陪吧！"金大力就代替了主人，举起酒杯，喝下一口淡酒。这时木匠已经把房架立好，到了择定吉日的五更头，上了梁，——梁柱上贴了一副大红对子："登柱喜逢黄道日，上梁正遇紫微星"，两边各立了一面筛子，筛子里斜贴了大红斗方，斗方的四角写着"吉星高照"，金大力点起一挂鞭，泥瓦工程就开始了。

每天，金大力都是头一个来，比别人要早半小时。来了，把孩子们搬下来搭桥、搭鸡窝玩的砖头捡回砖堆上去，把碍手碍脚的棍棍棒棒归置归置，清除"脚手"板子上昨天滴下的灰泥，把"脚手"往上提一提，捆"脚手"的麻绳紧一紧，扫扫地，然后，挑了两担水来，用铁锹抓钩和青灰，——石灰里兑了锅烟；和黄泥。灰泥和好，伙计们也就来上工了。他是个瓦匠，上工时照例也在腰带里掖一把瓦刀，手里提着一个抿子。可是他的瓦刀抿子几乎随时都是干的。他一天使的家伙就是铁锹抓钩，他老是在和灰、和泥。他只能干这种小工活，也就甘心干小工活。他从来不想去露一手，去逞能卖嘴,指手画脚,到了半前晌和半后晌,伙计们照例要下来歇一会,金大力看看太阳,提起两把极大的紫砂壶就走。在壶里撮了两大把茶叶梗子,到他自己家的茶水炉上,灌了两壶水,把茶水筛在大碗里,就抬头叫嚷:"哎,下来喝茶来!"傍晚收工时,他总是最后一个走。他要各处看看,看看今天的进度、质量(他的手艺不高,这些都还是会看的),也看看有没有留下火星(木匠熬胶要点火,瓦匠里有抽烟的)。然后,解下腰带,从头到脚,抽打一遍。走到主人家窗下,扬声告别:"明儿见啦!晚上你们照看着点!"——"好来,我们会照看。明儿见,金师傅!"

金大力是个瓦匠头儿,可是拿的工钱很低,比一个小工多不多少。同行师傅们过意不去,几次提出要给金头儿涨涨工钱。金大力说:"不。干什么活,拿什么钱。再说,我家里还开着一爿茶水炉子,我不比你们指身为业。这我就知足。"

金家茶炉子生意很好。一早、晌午、傍黑,来打开水的人很多,提着木榙子的,提着洋铁壶、暖壶、茶壶的,川流不息。这一带店铺人家一般不烧开水,要用开水,多到茶炉子上去买,这比自己家烧方便。茶水炉子,是一个砖砌的长方形的台子,四角安四个很深很大的铁罐,当中有一个火口。

这玩意,有的地方叫做"老虎灶"。烧的是稻糠。稻糠着得快,火力也猛。但这东西不经烧,要不断地往里续。烧火的是金大力的老婆。这是个很结实也很利索的女人。只见她用一个小铁簸箕,一簸箕一簸箕地往火口里倒糠。火光轰轰地一阵一阵往上冒,照得她满脸通红。半箩稻糠烧完,四个铁罐里的水就哗哗地开了,她就等着人来买水,一舀子一舀子往各种容器里倒。到罐里水快见底时,再烧。一天也不见她闲着。(稻糠的灰堆在墙角,是很好的肥料,卖给乡下人壅田,一个月能卖不少钱。)

茶炉子用水很多。金家茶炉的一半地方是三口大水缸。因为缸很深,一半埋在地里。一口缸容水八担,金家一天至少要用二十四担水。这二十四担水都是金大力挑的。有活时,他早晚挑;没活时(瓦匠不能每天有活)白天挑。因为经常挑水,总要撒泼出一些,金家茶炉一边的地总是湿漉漉的,铺地的砖发深黑色(另一边的砖地是浅黑色)。你要是路过金家茶炉子,常常可以看见金大力坐在一根搭在两只水桶的扁担上休息,好像随时就会站起身来去挑一担水。

金大力不变样,多少年都是那个样子。高大结实,沉默寡言。

不，他也老了。他的头发已经有了几根白的了，虽然还不大显，墨里藏针。

一九八一年八月十九日

注释

① 本篇选自《故乡人》。

冰・施茶

艺 术 家[①]

抽烟的多，少；悠缓，猛烈；可以作为我的灵魂状态的记录。在一个艺术品之前，我常是大口大口的抽，深深的吸进去，浓烟弥满全肺，然后吹灭烛火似的撮着嘴唇吹出来。夹着烟的手指这时也满带表情。抽烟的样子最足以显示体内潜微的变化，最是自己容易发觉的。

只有一次，我有一次近于"完全"的经验。在一个展览会中，我一下子没到很高的情绪里。我眼睛睁大，眯起；胸部开张，腹下收小，我的确感到我的踝骨细起来；我走近，退后一点，猿行虎步，意气扬扬；我想把衣服全脱了，平贴着卧在地下。沉酣了，直是"尔时觉一座无人。"我对艺术的要求是能给我一种高度的欢乐，一种仙意，一种狂：我想一下子砸碎在它面前，化为一阵青烟，想死，想"没有"了。

这种感情只有恋爱可与之比拟，平常或多或少我也享受到一点，为有这点享受，我才愿意活下去，在那种时候我可以得到生命的实证；但"绝对的"经验只有那么一次。我常常为"不够"所苦，像爱喝酒的人喝得不痛快，不过瘾，或是酒里有水，或是才馋起来酒就完了。或是我不够，或是作品本身不够，真正笔笔都到了，作者处处惬意，真配（作者自愿）称为"杰作"的究竟不多；（一个艺术家不能张张都是杰作，真苦！）欣赏的人又不易适逢其会的升华到精纯的地步，所以狂欢难得完全。我最易在艺术品之前敏锐的感到灵魂中的杂质，沙泥，垃圾，感到不满足；我确确实实感觉到体内的石灰质。这个时候我想尖起嗓子来长叫一声，想发泄，想破坏；最后是一阵涣散，一阵空虚掩袭上来，归于平常，归于俗。

我想学音乐的人最有福，但我于此一无所知；我有时不甘隔靴搔痒，不甘用累赘笨重的文字来表达，我喜欢画。用颜色线条究竟比较直接得多，自由得多。我对于画没有天分；没有天分，我还是喜欢拿起笔来乱涂，虽不能至，心向往之。而结果都是愤然掷笔，想痛哭。要不就是"寄沉痛于悠闲"，我会很滑稽的唱两句流行歌曲，说一句下流粗话，摹仿舞台上的声调向自己说"可怜的,亲爱的××,你可以睡了。"我画画大都在深夜,(如果我有个白天可以练习的环境,也许我可以做一个"美术放大"的画师吧!)种种怪腔,无人窥见,尽管放心。

从我的作画看画(其实是一回事)的经验,我明白"忍耐"是个甚么东西;抽着烟,我想起米盖朗皆罗,——这个巨人,这个王八旦!我也想起白马庙,想起白马庙那个哑巴画家。

白马庙是昆明城郊一小村镇,我在那里住了一些时候。

搬到白马庙半个多月我才走过那座桥。

在从前,对于我,白马庙即是这个桥,桥是镇的代表。——我们上西山回来,必经白马庙。爬了山,走了不少路;更因为这一回去,不爬山,不走路了,人感到累。回来了,又回到一成不变的生活,又将坐在那个办公桌前,又将吃那位"毫无想象"的大师傅烧出来的饭菜,又将与许多熟脸见面,招呼,(有几张脸现在即在你身边,在同一条船上!)一想到这个,真累。没有法子,还是乖乖的,帖然就范,不作徒然的反抗。但是,有点惘然了。这点惘然实在就是一点反抗,一点残余的野。于是抱头靠在船桅上,不说话,眼睛空落落看着前面。看样子,倒真好像十分怀念那张极有个性而颇体贴的跛脚椅子,想于一杯茶,一枝烟,一点"在家"之感中求得安慰似的。于是你急于想"到",而专心一意于白马庙。到白马庙,就快了,到白马庙看得见城中的万家灯火。——但是看到白马庙者,你看到的是那座桥。除桥而外,一无所见,房屋,田畴,侧着的那棵树,全附属于桥,是桥的一部份。(自然,没有桥,这许多景物仍可集中于另一点上,而指出这是白马庙。然而有桥呀,用不着假设。)我搬来之时即冉冉升起一个欲望:从桥上走一走。既然这个桥曾经涂抹过我那么多感情,我一直从桥下过,(在桥洞里有一种特别感觉,一种安全感,有如在母亲怀里,在胎里,)我极想以新证旧,从桥上走一走。这么一点小事,也竟然搁了半个多月! 我们的日子的浪费呀。——这一段都不太相干,是我在心里刷落了好多次,而姑息的准许自己又检了起来,趁笔而书的塞在这里的废话。

  这一天我终于没有甚么"事情"了,我过了桥,我到一个小茶馆里去坐坐。我早知道那边有个小茶馆。我没有一直到茶馆里去,我在堤边走了半天,看了半天。我看麦叶飘动,看油菜花一片,看黄昏,看一只黑黑的水牯牛自己缓步回家,看它偏了头，好把它的美丽的长角顺进那口窄窄的门，我这才去"访"这家茶馆。

第一次去，我要各处看看。

进一个有门框而无门的门是一个一头不通的短巷。巷子一头是一个半人高的小花坛。花坛上一盆茶花（和其他几色花木，杜鹃，黄杨，迎春，罗汉松）。我的心立刻落在茶花上了。我脚下走，我这不是为喝茶而走，是走去看茶花。我一路看到茶花面前。我爱了花。这是我见过的最好的茶花，（云南多茶花），仿佛从我心里搬出来放在那儿的。花并不出奇，地位好。暮色沉沉，朦胧之中，红焰焰的，份量刚对。我想用舌尖舔舔花，而我的眼睛像蝴蝶从花上起来时又向前伸了出去，定在那里了，花坛后面粉壁上有画，画教我不得不看。

画以墨线勾勒而成，再敷了色的。装饰性很重，可以说是图案，（一切画原都是图案，）而取材自写实中出。画若须题目，题目是"茶花"。填的颜色是黑，翠绿，赭石和大红。作风倩巧而不卖弄；含浑，含浑中觉出一种安分，然而不凝滞。线条严紧匀直，无一处虚弱苟且，笔笔诚实，不笔在意先，无中生有，不虚妄。各部份平均，对称，显见一种深厚的农民趣味。

谁在这里画了这么一壁画？我心里沉吟，沉吟中已转入花坛对面一小侧门，进了屋了。我靠窗坐下，窗外是河。我招呼给我泡茶。

—— 这是……这是一个细木作匠手笔；这个人曾在苏州或北平从名师学艺，熟习许多雕刻花式，熟能生巧，遂能自己出样；因为战争，辗转到了此地，或是回乡，回到自己老家，住的日子久了，无适当事情可作，才能跃动，偶尔兴作，来借这堵粉壁小试牛刀来了？……

这个假设看来亦近情理，然而我笑了，我笑那个为我修板壁的木匠。

我一搬来，一看，房子还好，只是须做一个板壁隔一隔。我请人给我找个木匠来。找了三天，才来，说还是硬挪腾出时候来的。他鞋口里还嵌着锯屑，果然是很忙的样子。这位木匠师傅样子极像他自己脚上那双方方的厚底硬帮子青布鞋子。他钉钉刨刨，刨刨钉钉，整整弄了三天，一丈来长的壁子还是一块一块的稀着缝，他自己也觉得板壁好像不应当是这样的，看看板壁看看我，笑了：

"像入伍新兵，不会看齐！"

我只有随着他说："更像是壮丁队，才从乡下抓来，没有穿制服，颜色黑一块白一块。"而且，最后一块还是我自己钉上去的。他闺女来报信，说家里猪病了，看样子不大好，他撒下锄头就跑。我没有办法，只有追出去，请他把含在嘴里的洋钉吐出来给我，自己动手。这一去，不回来了，过了两天才来取回他的家私。不知是猪好了，还是连猪带病吃在他的肚子里了。这个人长于聊天，说话极有风趣，作活实在不大在行。——哦，我还欠他一顿酒呢，他老是东扯西拉的没个完，谈到得意处，把斧头凿子全撂在一边，尽顾伸手问我"美国烟可还有？"我说"烟有，可是你一边做事一边抽烟？先把板壁钉好，否则我要头痛伤风。有趣的话太多，二天我们打二斤升掺市，切一盘猪耳朵，咱们痛痛快快谈谈。"这个约不必真，却也不假，他想当记在心里。可别看这位大师傅呀！他说乡下生活本来只是修水车，钉船桨，板壁不大有人家有，所以弄得不顶理想；但是除了他，更没有人干得了；白马庙一带从来就是他家三代单传，泥木两作，所以他那么忙。

这个画当然不可能是他画的。

乡下房子暗，天又晚了，黑沉沉的，眼睛拣亮处看，外头还有光，所以我坐近窗口，来喝茶的目的还就是想来凭窗而看，河里船行，岸上人走，一切在逐渐深浓起来的烟雾中活动，脉脉含情，极其新鲜；又似曾相识，十分亲切。水草气味，淤泥气味，烧饭的豆秸烟微带忧郁的焦香，窗下几束新竹，给人一种雨意，人"远"了起来。我这样望了很久，直到在场上捉迷藏的孩子都回了家，田里的苜蓿消失了紫色，野火在远远的山头晶明的游动起来，我才回过身来。

我想起口袋里的一本小书，一个朋友今天刚送我的。我想这本书想到多时，终于他给我找得一本了。我抽出书来，用手摸摸封面。这时我本没有看书的意，只是想摸摸它罢了，而坐在炉旁的老板看见了，他叫他的小老二拿灯。为了我拿灯，多不好意思；我想说，不要，不必，我倒愿意这么黑黑的坐着，这一说，更麻烦，老板必以为我是客气；好了，拿就拿吧。

灯来了，好亮，是电石灯。有人喝住小老二：

"挂在那边得了，有臭气，先生闻不惯。"

我这才看见，这可不是我们三代单传，泥木两作的大师傅吗！久违了。刚才我似乎觉得角落上有人伏在桌上打瞌睡，黑影中看不清，他是甚么时候梦回莺转的醒来了？好极了，这个时候有人聊聊再好没有。他过来，我过去；我掏烟，他摸火柴，但是他火柴划着了时我不俯首去点烟；小老二灯挂在柱子上，灯光照出，墙上也有画！我搁下他，尽顾看画了。走到墙前，我自己点了烟。

一望而知与花坛后面的是同一手笔。画的仍是茶花，仍是墨线勾成，敷以朱黑赭绿，墙有三丈多长，高二丈许，满墙都是画，设计气魄大，笔画也更整饬。笔笔经过一番苦心，一番挣扎，多少割舍，一个决定；高度的自觉之下透出丰满的精力，纯澈的情欲；克己节制中成就了高贵的浪漫情趣，各部份安排得对极了，妥贴极了。干净，相当简单，但不缺少深度，真不容易，不说别的，四尺长的一条线从头到底在一个力量上，不踟蹰，不衰竭！如果刚才花坛后面的还有稿样的意思，深浅出入多少有可以商量地方，这一幅则作者已做到至矣尽矣地步。他一边洗手，一边依依的看一看，又看一看自己作品，大概还几度把湿的手在衣服上随便那里擦一擦，拉起笔又过去描么两下的，但那都只是细节，极不重要，是作者舍不得离开自己作品的表示而已，他此时"提刀却立，踌躇满志，"得意达于极点，真正是"虽南面王不与易也"。这点得意与这点不舍，是他下次作画的本钱。不信试再粉白一堵墙壁，他准立刻又会欣然命笔。他余勇可贾，灵感有余。但是一洗完手，他这才感到可真有点累了。他身体各部份松下来，由一个艺术家变为一个常人，好适宜普通生活,好休息。好老板,给他泡的茶在那里? 他最好吃一点甜甜的,厚厚的,一咬满口的,软软的点心,像吉庆祥的重油蛋糕即很好。

Ladies and gentlemen,来!大家一齐来,为我们的艺术家欢呼,为艺术的产生欢呼!

我站着看,看了半天,我已经抽了三枝烟,而到第四根烟掏出来,叼上,点着时,我知道我身后站着的茶馆老板,木匠师傅,甚至小老二,会告诉我许多事,我把茶杯端到当中一张桌子上,请他们说。

(啊,怎么半天不见一个人来喝茶?)

茶馆老板一望而知是个阅历极深之人。他眼睛很黑,额上皱纹深,平,一丝不乱,唇上一抹整整齐齐的浓八字胡子,他声音深沉,而清亮,说得很慢,很有条理,有时为从记忆中汲取真切的印象,左眼皮常常搭一点下来,手频频抚摸下巴,——手上一个羊脂玉扳指。我两手搁在茶碗盖上,头落在手上,听他娓娓而说。

这是村子里一个哑巴画的。这个人出身农家,那不知为甚么的,自小就爱画,别的孩子捉田鸡,烧蚱蜢吃,他画画;别的孩子上树掏鸟蛋,下河摸螺蛳,他画画;人抽陀螺,放风筝，他画画；黄昏时候大家捉迷藏，他画画；别人干别的，他画画，有人教过他么？——没有。他简直没有见过一个人画之前自己就已经开始能把看到的东西留个样子下来了，他见甚么，画甚么；有甚么，在甚么上画，平常倒也一样，小时能吃饭，大了学种田，一画画，他就痴了：乡下人见得少，却并不大惊小怪，他爱画，随他画去吧。他是个哑子，不能唱花灯，歪连厢，画正好让他松松，乐乐。大家见他画得不比城里摆摊子画花样的老太太画得差，就有人拿鞋面，拿枕头帐簷之类东西让他画。一到有人家娶媳妇嫁女儿，他都要忙好几天。那个时候村子里姑娘人人心中搁着这个哑巴。

"我出过门，南北东西也走过数省，见过些古城旧峰，大庙深山，帝王宫殿，我真真假假见过一点画，我一懂不懂，我喜欢看。我看哑巴画的跟画花样的老婆子的不一样，倒跟那些古画有些地方相同。我说不出来，……"

老板逐字逐句的说，越慢，越沉。我连连点头，我试体会老板要说而迟疑着的意思：

"比如说，他画得'活'，画里有一种东西，一种说不出来的东西，看久了，人会想，想哭？"

老板点头，点得很郑重其事。我看到老板眼中有一点湿意。

"从前他没事常来我这里坐坐，我早就有意思请他给我画点东西。他让我买了几样颜色，说画就画。外头那个画得快。里头这张画了好些时候。他老是对着墙端详，端详，比来比去的比，这么比那么比。……"

老板的话似乎想到此为止了。他坐了坐，大拇指摸他的扳指，摸来，摸去，眼睛看在扳指上，眉头锁了一点起来。水开了，漫出壶外，嗤嗤的响。老板起来，为我提水来冲，并通了通炉子。我对着墙，细起眼睛看，似乎墙已没有了，消失了：剩下画，画凸出来，凌空而在。水冲好了，我喝了一口茶，好酽，我问：

"现在？——"

老板知道我问甚么，水壶往桌上一顿：

"唉，死了还不到半年。"

我不知如何接下去说了，而木匠忽然呵呵大笑起来，笑得上气不接下气，我愕然。他说出来，他笑的是哑巴喜欢看戏，看起怪有味。他以为听又听不见，红脸杀黑脸，看个甚！

灯光太亮，我还是挪近窗口坐坐。窗外已经全黑了，星星在天上。水草气更浓郁，竹声箫箫。水流，静静的流，流过桥桩，旋出一个一个小涡，转一转，顺流而下。我该回去了,我看见我所住的小楼上已有灯光,有人在等我。

散步回来之后,我一直坐在这里,坐在这张临窗的藤椅里。早晨在一瓣一瓣的开放。露水在远处的草上濛濛的白,近处的晶莹透澈,空气鲜嫩,发香,好时间,无一点宿气,未遭败坏的时间,不显陈旧的时间。我一直坐在这里,坐在小楼的窗前。树林,小河,蔷薇色的云朵,路上行人轻捷的脚步,……一切很美,很美,我眼角有一滴泪。

一清早,天才亮,我在庙前河边散步,一个汉子挑了两桶泔水跟我擦身而过,七成新的泔水桶周围画了一带极其细密缠绵的串枝莲,笔笔如同乌金嵌出的。

我坐了很久,很久。我随便拿起一本书,翻,翻,摊在我面前的是龚定庵的《记王隐君》:

> 于外王父段先生废簏中见一诗,不能忘。于西湖僧经箱中见书《心经》,蠹且半,如遇簏中诗,益不能忘。

注释

① 本篇原载1947年5月4日、11日《经世日报》文艺周刊。初收《邂逅集》,文化生活出版社1949年4月,文字略有改动。

岁寒三友①

　　这三个人是：王瘦吾、陶虎臣、靳彝甫。王瘦吾原先开绒线店，陶虎臣开炮仗店，靳彝甫是个画画的。他们是从小一块长大的。这是三个说上不上，说下不下的人。既不是缙绅先生，也不是引车卖浆者流。他们的日子时好时坏。好的时候桌上有两个菜，一荤一素，还能烫二两酒；坏的时候，喝粥，甚至断炊。三个人的名声倒都是好的。他们都没有做过伤天害理的事，对人从不尖酸刻薄，对地方的公益，从不袖手旁观。某处的桥坍了，要修一修；哪里发现一名"路倒"，要掩埋起来；闹时疫的时候，在码头路口设一口瓷缸，内装药茶，施给来往行人；一场大火之后，请道士打醮禳灾……遇有这一类的事，需要捐款，首事者把捐簿伸到他们的面前时，他们都会提笔写下一个谁看了也会点头的数目。因此，他们走在街上，一街的熟人都跟他们很客气地点头打招呼。

"早！"

"早！"

"吃过了？"

"偏过了，偏过了！"

王瘦吾真瘦。瘦得两个肩胛骨从长衫的外面都看得清清楚楚。他年轻时很风雅过几天。他小时开蒙的塾师是邑中名士谈甓渔，谈先生教会了他做诗。那时，绒线店由父亲经营着，生意不错，这样他就有机会追随一些阔的和不太阔的名士，春秋佳日，文酒雅集。遇有什么张母吴太夫人八十寿辰征诗，也会送去两首七律。瘦吾就是那时落下的一个别号。自从父亲一死，他挑起全家的生活，就不再做一句诗，和那些诗人们也再无来往。

他家的绒线店是一个不大的连家店。店面的招牌上虽写着"京广洋货，零趸批发"，所卖的却只是：丝线、绦子、头号针、二号针、女人钳眉毛的镊子、刨花②、抿子（涂刨花水用的小刷子）、品青、煮蓝、僧帽牌洋蜡烛、太阳牌肥皂、美孚灯罩……种类很多，但都值不了几个钱。每天晚上结账时都是一堆铜板和一角两角的零碎的小票,难得看见一块洋钱。

这样一个小店,维持一家生活,是困难的。王瘦吾家的人口日渐增多了。他上有老母,自己又有了三个孩子。小的还在娘怀里抱着。两个大的,一儿一女,已经都在上小学了。不用说穿衣,就是穿鞋也是个愁人的事。

儿子最恨下雨。小学的同学几乎全部在下雨天都穿了胶鞋来上学,只有他穿了还是他父亲穿过的钉鞋③。钉鞋很笨,很重,走起来还嘎啦嘎啦的响。他一进学校的大门,同学们就都朝他看,看他那双鞋。他闹了好多回。每回下雨,他就说:"我不去上学了!"妈都给他说好话:"明年,明年就买胶鞋。一定!"——"明年!您都说了几年了!"最后还是嘟着嘴,挟了一把补过的旧伞,走了。王瘦吾听见街石上儿子的钉鞋愤怒的声音,半天都没有说话。

女儿要参加全县小学秋季运动会,表演团体操,要穿规定的服装:白上衣、黑短裙。这都还好办。难的是鞋,——要一律穿白球鞋。女儿跟妈要。妈说:"一双球鞋,要好几块钱。咱们不去参加了。就说生病了,叫你爸写个请假条。"女儿不像她哥发脾气,闹,她只是一声不响,眼泪不停地往下滴。到底还是去了。这位能干的妈跟邻居家借来一双球鞋,比着样子，用一块白帆布连夜赶做了一双。除了底子是布的，别处跟买来的完全一样。天亮的时候，做妈的轻轻地叫："妞子，起来！"女儿一睁眼，看见床前摆着一双白鞋，趴在妈胸前哭了。王瘦吾看见妻子疲乏而凄然的笑容，他的心酸。

因此，王瘦吾老想发财。

这财，是怎么个发法呢？靠这个小绒线店，是不可能有什么出息的。他得另外想办法。这城里的街，好像是傍晚时的码头，各种船只，都靠满了。各行各业，都有个固定的地盘，想往里面再插一只手，很难。他得把眼睛看到这个县城以外，这些行业以外。他做过许多不同性质的生意。他做过虾籽生意，醉蟹生意，腌制过双黄鸭蛋。张家庄出一种木瓜酒，他运销过。本地出一种药材，叫做豨莶，他收过，用木船装到上海（他自己就坐在一船高高的药草上），卖给药材行。三叉河出一种水仙鱼，他曾想过做罐头……他做的生意都有点别出心裁，甚至是想入非非。他隔个把月就要出一次门，四乡八镇，到处跑。像一只饥饿的鸟，到处飞，想给儿女们找一口食。回来时总带着满身的草屑灰尘；人，越来越瘦。

后来他想起开工厂。他的这个工厂是个绳厂，做草绳和钱串子。蓑衣草两股，绞成细绳，过去是穿制钱用的，所以叫做钱串子。现在不使制钱了，店铺里却离不开它。茶食店用来包扎点心，席子店捆席子，卖鱼的穿鱼鳃。绞这种细绳，本来是湖西农民冬闲时的副业，一大捆一大捆挑进城来兜售。因为没有准人，准时，准数，有时需用，却遇不着。有了这么个厂，对于用户方便多了。王瘦吾这个厂站住了。他就不再四处奔跑。

这家工厂，连王瘦吾在内，一共四个人。一个伙计搬运，两个做活。有两架"机器"，倒是铁的，只是都要用手摇。这两架机器，摇起来嘎嘎的响，给这条街增添了一种新的声音，和捶铜器、打烧饼、算命瞎子的铜铛的声音混和在一起。不久，人们就习惯了，仿佛这声音本来就有。

初二、十六④的傍晚，常常看到王瘦吾拎了半斤肉或一条鱼从街上走回家。

每到天气晴朗，上午十来点钟，在这条街上，就可以听到从阴城方向传来爆裂的巨响：

"砰——磅！"

大家就知道，这是陶虎臣在试炮仗了。孩子们就提着裤子向阴城飞跑。

阴城是一片古战场。相传韩信在这里打过仗。现在还能挖到一种有耳的尖底陶瓶，当地叫做"韩瓶"，据说是韩信的部队所用的行军水壶。说是这种陶瓶冬天插了梅花，能结出梅子来。现在这里是乱葬冈，不知道从什么时候起叫做"阴城"。到处是坟头、野树、荒草、芦荻。草里有蛤蟆、野兔子、大极了的蚂蚱、油葫芦、蟋蟀。早晨和黄昏，有许多白颈老鸦。人走过，就哑哑地叫着飞起来。不一会，又都纷纷地落下了。

这里没有住户人家。只有一个破财神庙。里面住着一个侉子。这侉子不知是什么来历。他杀狗，吃肉，——阴城里野狗多的是，还喝酒。

这地方很少有人来。只有孩子们结伴来放风筝，掏蟋蟀。再就是陶虎臣来试炮仗。

试的是"天地响"。这地方把双响的大炮仗叫"天地响"，因为地下响一声，飞到半空中，又响一声，炸得粉碎，纸屑飘飘地落下来。陶家的"天地响"一听就听得出来，特别响。两响之间的距离也大 —— 蹿得高。

"砰 —— 磅！"

"砰——磅！"

他走一二十步，放一个，身后跟着一大群孩子。孩子里有胆大的。要求放一个，陶虎臣就给他一个：

"点着了快跑！——崩疼了可别哭！"

其实是崩不着的。陶虎臣每次试炮仗，特意把其中的几个的捻子加长，就是专为这些孩子预备的。捻子着了，嗤嗤地冒火，半天，才听见响呢。

陶家炮仗店的门口也是经常围着一堆孩子，看炮仗师傅做炮仗。两张白木的床子，有两块很光滑的木板。把一张粗草纸裹在一个钢钎上，两块木板一搓，吱溜——，就是一个炮仗筒子。

孩子们看师傅做炮仗，陶虎臣就伏在柜台上很有兴趣地看这些孩子。有时问他们几句话：

"你爸爸在家吗？干嘛呢？"

"你的痄腮好了吗？"

孩子们都知道陶老板人很和气，很喜欢孩子，见面都很愿意叫他：

"陶大爷！"

"陶伯伯！"

"哎,哎。"

陶家炮仗店的生意本来是不错的。

他家的货色齐全。除了一般的鞭炮,还出一种别家不做的鞭,叫做"遍地桃花"。不但外皮,连里面的筒子都一色是梅红纸卷的。放了之后,地下一片红,真像是一地的桃花瓣子。如果是过年,下过雪,花瓣落在雪地上,红是红,白是白,好看极了。

这种鞭,成本很贵,除非有人定做,平常是不预备的。

一般的鞭炮,陶虎臣自己是不动手的。他会做花炮。一筒大花炮,能放好几分钟。他还会做一种很特别的花,叫做"酒梅"。一棵弯曲横斜的枯树,埋在一个磁盆里,上面串结了许多各色的小花炮,点着之后,满树喷花。火花射尽,树枝上还留下一朵一朵梅花,蓝荧荧的,静悄悄地开着,经久不熄。这是棉花浸了高粱酒做的。

他还有一项绝技,是做焰火。一种老式的焰火,有的地方叫做花盒子。

酒梅、焰火,他都不在店里做,在家里做。因为这有许多秘方,不能外传。

做焰火,除了配料,关键是串捻子。串得不对,会轰隆一声,烧成一团火。弄不好,还会出事。陶虎臣的一只左眼坏了,就是因为有一次放焰火,出了故障,不着了,他搭了梯子爬到架上去看,不想焰火忽然又响了,一个火球迸进了瞳孔。

陶虎臣坏了一只眼睛,还看不出太大的破相,不像一般有残疾的人往往显得很凶狠。他依然随时是和颜悦色的,带着宽厚而慈祥的笑容。这种笑容,只有与世无争,生活上容易满足的人才会有。

但是他的这种心满意足的神情逐年在消退。鞭炮生意,是随着年成走的。什么时候风调雨顺,国泰民安,什么时候炮仗店就生意兴隆。这样的年头,能够老是有么?

"遍地桃花"近年很少人家来定货了。地方上多年未放焰火,有的孩子已经忘记放焰火是什么样子了。

陶虎臣长得很敦实,跟他的名字很相称。

靳彝甫和陶虎臣住在一条巷子里,相隔只有七八家。谁家的火灭了,孩子拿了一块劈柴,就能从另一家引了火来。他家很好认,门口钉着一块铁皮的牌子,红地黑字:"靳彝甫画寓"。

这城里画画的，有三种人。

一种是画家。这种人大都有田有地，不愁衣食，作画只是自己消遣，或作为应酬的工具。他们的画是不卖钱的。求画的人只是送几件很高雅的礼物。或一坛绍兴花雕，或火腿、鲥鱼、白沙枇杷，或一套讲究的宜兴紫砂茶具，或两大盆正在茁箭子的建兰。他们的画，多半是大写意，或半工半写。工笔画他们是不耐烦画的，也不会。

一种是画匠。他们所画的，是神像。画得最多的是"家神菩萨"。这"家神菩萨"是一个大家族：头一层是南海观音的一伙，第二层是玉皇大帝和他的朝臣，第三层是关帝老爷和周仓、关平，最下一层是财神爷。他们也在玻璃的反面用油漆画福禄寿三星（这种画美术史家称之为"玻璃油画"），作插屏。他们是在制造一种商品，不是作画。而且是流水作业，描衣纹的是一个人（照着底子描），"开脸"的是一个人，着色的是另一个人。他们的作坊，叫做"画匠店"。一个画匠店里常有七八个人同时做活，却听不到一点声音，因为画匠多半是哑巴。

靳彝甫两者都不是。也可以说是介乎两者之间的那么一种人。比较贴切些，应该称之为"画师"，不过本地无此说法，只是说"画画的"。他是靠卖画吃饭的，但不像画匠店那样在门口设摊或批发给卖门神"欢乐"的纸店⑤，他是等人登门求画的（所以挂"画寓"的招牌）。他的画按尺论价，大青大绿另加，可以点题。来求画的，多半是茶馆酒肆、茶叶店、参行、钱庄的老板或管事。也有那些闲钱不多，送不起重礼，攀不上高门第的画家，又不甘于家里只有四堵素壁的中等人家。他们往往喜欢看着他画，靳彝甫也就欣然对客挥毫。主客双方，都很满意。他的画署名（画匠的作品是从不署名的），但都不题上款，因为不好称呼，深了不是，浅了不是，题了，人家也未必高兴，所以只是简单地写四个字："彝甫靳铭"。若是佛像，则题"靳铭沐手敬绘"。

靳家三代都是画画的。家里积存的画稿很多。因为要投合不同的兴趣，山水、人物、翎毛、花卉，什么都画。工笔、写意、浅绛、重彩不拘。

他家家传会写真，都能画行乐图（生活像）和喜神图（遗像）。中国的画像是有诀窍的。画师家都藏有一套历代相传的"百脸图"。把人的头面五官加以分析，定出一百种类型。画时端详着对象，确定属于哪一类，然后在此基础上加减，画出来总是有几分像的。靳彝甫多年不画喜神了。因为画这种像，经常是在死人刚刚断气时，被请了去，在床前对着勾描。他不愿看死人。因此，除了至亲好友，这种活计，一概不应。有来求的，就说不会。行乐图，自从有了照相馆之后，也很少有人来要画了。

靳彝甫自己喜欢画的，是青绿山水和工笔人物。青绿山水、工笔人物，一年能收几件呢？因此，除了每年端午，他画几十张各式各样的钟馗，挂在巷口如意楼酒馆标价出售，能够有较多的收入，其余的时候，全家都是半饥半饱。

虽然是半饥半饱，他可是活得有滋有味。他的画室里挂着一块小匾，上书"四时佳兴"。画室前有一个很小的天井。靠墙种了几竿玉屏箫竹。石条上摆着茶花、月季。一个很大的均窑平盘里养着一块玲珑剔透的上水石，蒙了半寸厚的绿苔，长着虎耳草和铁线草。冬天，他总要养几头单瓣的水仙。不到三寸长的碧绿的叶子，开着白玉一样的繁花。春天，放风筝。他会那样耐烦地用一个称金子用的小戥子约着蜈蚣风筝两边脚上的鸡毛（鸡毛分量稍差，蜈蚣上天就会打滚）。夏天，用莲子种出荷花。不大的荷叶，直径三寸的花，下面养了一二分长的小鱼。秋天，养蟋蟀。他家藏有一本托名贾似道撰写的《秋虫谱》。养蟋蟀的泥罐还是他祖父留下来的旧物。每天晚上，他点一个灯笼，到阴城去掏蟋蟀。财神庙的那个侉子，常常一边喝酒、吃狗肉，一边看这位大胆的画师的灯笼走走，停停，忽上，忽下。

他有一盒爱若性命的东西，是三块田黄石章。这三块田黄都不大，可是跟三块鸡油一样！一块是方的，一块略长，还有一块不成形。数这块不成形的值钱，它有文三桥⑥刻的边款（篆文不知叫一个什么无知的人磨去了）。文三桥呀，可着全中国，你能找出几块？有一次，邻居家失火，他什么也没拿，只抢了这三块图章往外走。吃不饱的时候，只要把这三块图章拿出来看看，他就觉得对这个世界没有什么可抱怨的了。

这一年，这三个人忽然都交了好运。

王瘦吾的绳厂赚了钱。他可又觉得这个买卖货源、销路都有限，他早就想好了另外一宗生意。这个县北乡高田多种麦，出极好的麦秸，当地农民多以掐草帽辫为副业。每年有外地行商来，以极便宜的价钱收去。稍经加工，就成了草帽，又以高价卖给农民。王瘦吾想：为什么不能就地制成草帽呢？这钱为什么要给外地人赚去呢？主意已定，他就把两台绞绳机盘出去，买了四架扎草帽的机子，请了一个师傅，教出三个徒弟，就在原来绳厂的旧址，办起了一个草帽厂。城里的买卖人都说：王瘦吾这步棋看得准，必赚无疑！草帽厂开张的那天，来道喜和看热闹的人很多。一盘草帽辫，在师傅手里，通过机针一扎，哒哒地响，一会儿功夫，哎，草帽盔出来了！——又一会，草帽边！——成了！一顶一顶草帽，顷刻之间，摞得很高。这不是草帽，这是大洋钱呀！这一天，靳彝甫送来一张"得利图"，画着一个白须的渔翁，背着鱼篓，提着两尾金鳞赤尾的大鲤鱼。凡看了这张画的，无不大笑：这渔翁的长相，活脱就是王瘦吾！陶虎臣特地送来一挂遍地桃花满堂红的一千头的大鞭，砰砰磅磅响了好半天！

陶虎臣从来没有做过这么大的焰火生意。这一年闹大水。运河平了漕。西北风一起，大浪头翻上来，把河堤上丈把长的青石都卷了起来。看来，非破堤不可。很多人家扎了筏子，预备了大澡盆，天天晚上不敢睡，只等堤决水下来时逃命。不料，河水从下游泻出，伏汛安然度过，保住了无数人畜。秋收在望，市面繁荣，城乡一片喜气。有好事者倡议：今年放放焰火！东西南北四城，都放！一台七套，四七二十八套。陶家独家承做了十四套，——其余的，他匀给别的同行了。

四城的焰火错开了日子，——为的是人们可以轮流赶着去看。东城定在七月十五。地点：阴城。

这天天气特别好。万里无云，一天皓月。阴城的正中，立起一个四丈多高的架子。有人早早吃了晚饭，就扛了板凳来等着了。各种卖小吃的都来了。卖牛肉高粱酒的，卖回卤豆腐干的，卖五香花生米的，芝麻灌香糖的，卖豆腐脑的，卖煮荸荠的，还有卖河鲜——卖紫皮鲜菱角和新剥鸡头米的……到处是"气死风"的四角玻璃灯，到处是白蒙蒙的热气、香喷喷的茴香八角气味。人们寻亲访友，说短道长，来来往往，亲亲热热。阴城的草都被踏倒了。人们的鞋底也叫秋草的浓汁磨得滑溜溜的。

忽然，上万双眼睛一齐朝着一个方向看。人们的眼睛一会儿睁大，一会儿眯细；人们的嘴一会儿张开，一会儿又合上；一阵阵叫喊，一阵阵欢笑，一阵阵掌声。——陶虎臣点着了焰火了！

这种花盒子是有一点简单的故事情节的。最热闹的是"炮打泗州城"。起先是梅、兰、竹、菊四种花，接着是万花齐放。万花齐放之后，有一个间歇，木架子下面黑黑的，有人以为这一套已经放完了。不料一声炮响，花盒子又落下一层，照眼的灯球之中有一座四方的城，眼睛好的还能看见城门上"泗州"两个字（不知道为什么是泗州而不是别的城）。城外向里打炮，城里向外打，灯球飞舞，砰磅有声。最有趣的是"芦蜂追癞子"，这是一个喜剧性的焰火。一阵火花之后，出现一个人，——一个泥头的纸人，这人是个癞痢头，手里拿着一把破芭蕉扇。霎时间飞来了许多马蜂，这些马蜂——火花，纷纷扑向癞痢头，癞痢头四面躲闪，手里的芭蕉扇不停地挥舞起来。看到这里，满场大笑。这些辛苦得近于麻木的人，是难得这样开怀一笑的呀。最后一套是平平常常的，只是一阵火花之后，扑鲁扑鲁吊下四个大字："天下太平"。字是灯球组成的。虽然平淡，人们还是舍不得离开。火光炎炎，逐渐消隐，这时才听到人们呼唤：

"二丫头，回家咧！"

"四儿，你在哪儿哪？"

"奶奶，等等我，我鞋掉了！"

人们摸摸板凳，才知道：呀，露水下来了。

靳彝甫捉到一只蟹壳青蟋蟀。消息很快就传开了。每天有人提了几罐蟋蟀来斗。都不是对手,而且都只是一个回合就分胜负。这只蟹壳青的打法很特别。它轻易不开牙,只是不动声色,稳稳地站着。突然扑上去,一口就咬破对方的肚子(据说蟋蟀的打法各有自己的风格,这种咬肚子的打法是最厉害的)。它瞿瞿地叫起来,上下摆动它的触须,就像戏台上的武生耍翎子。负伤的败将,怎么下"探子"⑦,也再不敢回头。于是有人怂恿他到兴化去。兴化养蟋蟀之风很盛,每年秋天有一个斗蟋蟀的集会。靳彝甫被人们说得心动了。王瘦吾、陶虎臣给他凑了一笔路费和赌本,他就带了几罐蟋蟀,搭船走了。

斗蟋蟀也像摔跤、击拳一样,先要约约运动员的体重。分量相等,才能入盘开斗。如分量低于对方而自愿下场者,听便。

没想到,这只蟋蟀给他赢了四十块钱。——四十块钱相当于一个小学教员两个月的薪水!靳彝甫很高兴,在如意楼定了几个菜,约王瘦吾、陶虎臣来喝酒。

(这只身经百战的蟋蟀后来在冬至那天寿终了,靳彝甫特地打了一个小小的银棺材,送到阴城埋了。)

没喝几杯,靳彝甫的孩子拿了一张名片,说是家里来了客。靳彝甫接过名片一看:"季匋民"!

"他怎么会来找我呢?"

季匋民是一县人引为骄傲的大人物。他是个名闻全国的大画家,同时又是大收藏家,大财主,家里有好田好地,宋元名迹。他在上海一个艺术专科大学当教授,平常难得回家。

"你回去看看。"

"我少陪一会。"

季匋民和靳彝甫都是画画的,可是气色很不一样。此人面色红润,双眼有光,浓黑的长髯,声音很洪亮。衣着很随便,但质料很讲究。

"我冒造宝府,唐突得很。"

"哪里哪里。只是我这寒舍,实在太小了。"

"小,而雅,比大而无当好!"

寒暄之后,季匋民说明来意:听说彝甫有几块好田黄,特地来看看。靳彝甫捧了出来,他托在手里,一块一块,仔仔细细看了。"好,——好,——好。匋民平生所见田黄多矣,像这样润的,少。"他估了估价,说按时下行情,值二百洋。

有文三桥边款的一块就值一百。他很直率地问靳彝甫肯不肯割爱。靳彝甫也很直率地回答:"不到山穷水尽,不能舍此性命。"

"好!这像个弄笔墨的人说的话!既然如此,匋民绝不夺人之所爱。不过,如果你有一天想出手,得先尽我。"

"那可以。"

"一言为定。"

"一言为定。"

买卖不成,季匋民倒也没有不高兴。他又提出想看看靳彝甫家藏的画稿。靳彝甫祖父的,父亲的。——靳彝甫本人的,他也想看看。他看得很入神,拍着画案说:

"令祖,令尊,都被埋没了啊!吾乡固多才俊之士,而皆困居于蓬牖之中,声名不出于里巷,悲哉!悲哉!"

他看了靳彝甫的画,说:

"彝甫兄,我有几句话……"

"您请指教。"

"你的画,家学渊源。但是,有功力,而少境界。要变!山水,暂时不要画。你见过多少真山真水?人物,不要跟在改七芗、费晓楼后面跑。倪墨耕尤为甜俗。要越过唐伯虎,直追两宋南唐。我奉赠你两个字：古，艳。比如这张杨妃出浴，披纱用洋红，就俗。用朱红，加一点紫！把颜色搞得重重的！脸上也不要这样干净，给她贴几个花子！——你是打算就这样在家乡困着呢？还是想出去闯闯呢？出去，走走，结识一些大家，见见世面！到上海，那里人才多！"

他建议靳彝甫选出百十件画，到上海去开一个展览会。他认识朵云轩，可以借他们的地方。他还可以写几封信给上海名流，请他们为靳彝甫吹嘘吹嘘。他还嘱咐靳彝甫，卖了画，有了一点钱，要做两件事：读万卷书，行万里路。最后说：

"我今天很高兴。看了令祖、令尊的画稿，偷到不少东西。—— 我把它化一化，就是杰作！哈哈哈哈……"

这位大画家就这样疯疯癫癫、哈哈大笑着，提了他的筇竹杖，一阵风似的走了。

靳彝甫一边卷着画，一边想：季匋民是见得多。他对自己的指点，很有道理，很令人佩服。但是，到上海、开展览会，结识名流……唉，有钱的名士的话怎么能当得真呢！他笑了。

没想到，三天之后，季匋民真的派人送来了七八封朱丝栏玉版宣的八行书。

靳彝甫的画展不算轰动，但是卖出去几十张画。那张在季匋民授意之下重画的杨妃出浴，一再有人重订。报上发了消息，一家画刊还选了他两幅画。这都是他没有想到的。王瘦吾和陶虎臣在家乡看到报，很替他高兴："彝甫出了名了！"

卖了画，靳彝甫真的按照季匋民的建议，"行万里路"去了。一去三年，很少来信。

这三年啊！

王瘦吾的草帽厂生意很好。草帽没个什么讲究，买的人只是一图个结实，二图个便宜。他家出的草帽是就地产销，省了来回运费，自然比外地来的便宜得多。牌子闯出去了，买卖就好做。全城并无第二家，那四台哒哒作响的机子，把带着钱想买草帽的客人老远地就吸过来了。

不想遇见一个王伯韬。

这王伯韬是个开陆陈行的。这地方把买卖豆麦杂粮的行叫做陆陈行。人们提起陆陈行，都暗暗摇头。做这一行的，有两大特点：其一，是资本雄厚，大都兼营别的生意，什么买卖赚钱，他们就开什么买卖，眼尖手快。其二，都是流氓——都在帮。这城里发生过几起大规模的斗殴，都是陆陈行挑起的。打架的原因，都是抢行霸市。这种人一看就看得出来。他们的衣著和一般的生意人就不一样。不论什么时候，长衫里面的小褂的袖子总翻出很长的一截。料子也是老实商人所不用的。夏天是格子纺，冬天是法兰绒。脚底下是黑丝袜，方口的黑纹皮面的硬底便鞋。王伯韬和王瘦吾是同宗，见面总是"瘦吾兄"长，"瘦吾兄"短。王瘦吾不爱搭理他，尽可能地躲着他。

谁知偏偏躲不开，而且天天要见面。王伯韬也开了一家草帽厂，就在王瘦吾的草帽厂的对门！他新开的草帽厂有八台机子，八个师傅，门面、柜台，一切都比王瘦吾的大一倍。

王伯韬真是不顾血本，把批发、零售价都压得极低。王瘦吾算算，这样的定价，简直无利可图。他不服这口气，也随着把价钱落下来。

王伯韬坐在对面柜台里，还是满脸带笑，"瘦吾兄"长，"瘦吾兄"短。

王瘦吾撑了一年，实在撑不住了。

王伯韬放出话来："瘦吾要是愿意把四台机子让给我，他多少钱买的,我多少钱要!"

四台机子,连同库存的现货,辫子,全部倒给了王伯韬。王瘦吾气得生了一场重病。一病一年多。卖机子的钱、连同小绒线店的底本,全变成了药渣子,倒在门外的街上了。

好不容易,能起来坐一坐,出门走几步了。可是人瘦得像一张纸,一阵风吹过,就能倒下。

陶虎臣呢?

头一年,因为四乡闹土匪,连城里都出了几起抢案,县政府和当地驻军联名出了一张布告:"冬防期间,严禁燃放鞭炮。"炮仗店平时生意有限,全指着年下。这一冬防,可把陶虎臣防苦了。且熬着,等明年吧。

明年! 蒋介石搞他娘的"新生活"⑧,根本取缔了鞭炮。城里几家炮仗店统统关了张。陶虎臣别无产业,只好做一点"黄烟子"和蚊烟混日子。"黄烟子"也像是个炮仗,只是里面装的不是火药而是雄黄,外皮也是黄的。点了捻子,不响,只是从屁股上冒出一股黄烟,能冒半天。这种东西,端午节人家买来,点着了扔在床脚柜底熏五毒;孩子们把黄烟屁股抵在板壁上写"虎"字。蚊烟是在一个皮纸的空套里装上锯末，加一点芒硝和鳝鱼骨头，盘成一盘，像一条蛇。这东西点起来味道很呛，人和蚊子都受不了。这两种东西，本来是炮仗店附带做做的，靠它赚钱吃饭，养家活口，怎么行呢？——一年有几个端午节？蚊子也不是四季都有啊！

第三年，陶家炮仗店的铺闼子门⑨下了一把牛鼻子铁锁，再也打不开了。陶家的锅，也揭不开了。起先是喝粥，——喝稀粥，后来连稀粥也喝不成了。陶虎臣全家，已经饿了一天半。

有那么一个缺德的人敲开了陶家的门。这人姓宋，人称宋保长，他是什么事都干得出来，什么钱也敢拿的。他来做媒了。二十块钱，陶虎臣把女儿嫁给了一个驻军的连长。这连长第二天就开拔。他倒什么也不挑，只要是一个黄花闺女。陶虎臣跳着脚大叫："不要说得那么好听！这不是嫁！这是卖！你们到大街去打锣喊叫：我陶虎臣卖女儿！你们喊去！我不害臊！陶虎臣！你是个什么东西！陶虎臣！我操你八辈祖奶奶！你就这样没有能耐呀！"女儿的妈和弟弟都哭。女儿倒不哭，反过来劝爹："爹！爹！您别这样！我愿意！——真的！爹！我真的愿意！"她朝上给爹妈磕了头，又趴在弟弟的耳边说了一句话。这一句话是："饿的时候，忍着，别哭。"弟弟直点头。女儿走到爹床前，说了声："爹！

我走啦！您保重！"陶虎臣脸对墙躺着，连头都没有回。他的眼泪花花地往下淌。

两个半月过去了。陶家一直就花这二十块钱。二十块钱剩得不多了，女儿回来了。妈脱下女儿的衣服一看，什么都明白了：这连长天天打她。女儿跟妈妈偷偷地说："妈，我过上了他的脏病。"

岁暮天寒，彤云酿雪，陶虎臣无路可走，他到阴城去上吊。

他没有死成。他刚把腰带拴在一棵树上，把头伸进去，一个人拦腰把他抱住，一刀砍断了腰带。这人是住在财神庙的那个侉子。

靳彝甫回来了。他一到家，听说陶虎臣的事，连脸都没洗，拔脚就往陶家去。陶虎臣躺在一领破芦席上，拥着一条破棉絮。靳彝甫掏出五块钱来，说："虎臣，我才回来，带的钱不多，你等我一天！"

跟脚，他又奔王瘦吾家。瘦吾也是家徒四壁了。他正在对着空屋发呆。靳彝甫也掏出五块钱，说："瘦吾，你等我一天！"

第三天，靳彝甫约王瘦吾、陶虎臣到如意楼喝酒。他从内衣口袋里掏出两封洋钱,外面裹着红纸。一看就知道,一封是一百。他在两位老友面前,各放了一封。

"先用着。"

"这钱——?"

靳彝甫笑了笑。

那两个都明白了:彝甫把三块田黄给季匋民送去了。

靳彝甫端起酒杯说:"咱们今天醉一次。"

那两个同意。

"好,醉一次!"

这天是腊月三十。这样的时候,是不会有人上酒馆喝酒的。如意楼空荡荡的,就只有这三个人。

外面,正下着大雪。

一九八〇年八月二十日初稿
十一月二十日二稿

注释

① 本篇原载《十月》1981年第三期。初收《汪曾祺短篇小说选》,北京出版社,1982年2月。

② 桐木刨出来的薄薄的长条。泡在水里，稍带黏性。过去女人梳头掠鬓，离不开它。
③ 现在的年轻人连钉鞋也不知道了！钉鞋是一双纳帮很结实的布鞋，也有用生牛皮做的，在桐油里浸过，鞋底钉了很多奶头大的铁钉。在未有胶鞋之前，这便是雨鞋。
④ 这是店铺里打牙祭的日子。
⑤ 在梅红纸上用刻刀镂刻出透空的细致的吉祥花纹，贴在门头上，小的叫"吊钱"，大的叫"欢乐"。有的地方叫"吊挂"。
⑥ 文徵明的长子，名彭，字寿承，三桥是他的别号。
⑦ 探子是刺激蟋蟀的斗志用的。北方多用猪鬃；南方多用四权草掰成细须，九蒸九晒。
⑧ "新生活"是蒋介石搞的"新生活"运动，提倡"礼义廉耻"，到处刷写着"礼义廉耻，国之四维。四维不张，国乃灭亡"；限制行人靠左边走；废除作揖，改行握手；禁止燃放鞭炮等等。总之，大家都过新生活，不许过旧生活！
⑨ 这地方店铺的门一般都是一块一块狭长的门板，上在门坎的槽里，称为"铺闼子"。

卖浆

鉴 赏 家[①]

全县第一个大画家是季匋民,第一个鉴赏家是叶三。

叶三是个卖果子的。他这个卖果子的和别的卖果子的不一样。不是开铺子的,不是摆摊的,也不是挑着担子走街串巷的。他专给大宅门送果子。也就是给二三十家送。这些人家他走得很熟,看门的和狗都认识他。到了一定的日子,他就来了。里面听到他敲门的声音,就知道:是叶三。挎着一个金丝篾篮,篮子上插一把小秤,他走进堂屋,扬声称呼主人。主人有时走出来跟他见见面,有时就隔着房门说话。"给您称——?"——"五斤"。什么果子,是看也不用看的,因为到了什么节令送什么果子都是一定的。叶三卖果子从不说价。买果子的人家也总不会亏待他。有的人家当时就给钱,大多数是到节下(端节、中秋、新年)再说。叶三把果子称好，放在八仙桌上，道一声"得罪"，就走了。他的果子不用挑，个个都是好的。他的果子的好处，第一是得四时之先。市上还没有见这种果子，他的篮子里已经有了。第二是都很大，都均匀，很香，很甜，很好看。他的果子全都从他手里过过，有疤的、有虫眼的、挤筐、破皮、变色、过小的全都剔下来，贱价卖给别的果贩。他的果子都是原装；有些是直接到产地采办来的，都是"树熟"，——不是在米糠里闷熟了的。他经常出外，出去买果子比他卖果子的时间要多得多。他也很喜欢到处跑。四乡八镇，哪个园子里，什么人家，有一棵什么出名的好果树，他都知道，而且和园主打了多年交道，熟得像是亲家一样了。——别的卖果子的下不了这样的功夫，也不知道这些路道。到处走，能看很多好景致，知道各地乡风，可资谈助，对身体也好。他很少得病，就是因为路走得多。

　　立春前后，卖青萝卜。"棒打萝卜"，摔在地下就裂开了。杏子、桃子下来时卖鸡蛋大的香白杏，白得像一团雪，只嘴儿以下有一根红线的"一线红"蜜桃。再下来是樱桃，红的像珊瑚，白的像玛瑙。端午前后，枇杷。夏天卖瓜。七八月卖河鲜：鲜菱、鸡头、莲蓬、花下藕。卖马牙枣，卖葡萄。

重阳近了，卖梨：河间府的鸭梨、莱阳的半斤酥，还有一种叫做"黄金坠子"的香气扑人个儿不大的甜梨。菊花开过了，卖金橘，卖蒂部起脐子的福州蜜橘。入冬以后，卖栗子、卖山药（粗如小儿臂）、卖百合（大如拳）、卖碧绿生鲜的檀香橄榄。

他还卖佛手、香橼。人家买去，配架装盘，书斋清供，闻香观赏。

不少深居简出的人，是看到叶三送来的果子，才想起现在是什么节令了的。

叶三卖了三十多年果子，他的两个儿子都成人了。他们都是学布店的，都出了师了。老二是三柜，老大已经升为二柜了。谁都认为老大将来是会升为头柜，并且会当管事的。他天生是一块好材料。他是店里头一把算盘，年终结总时总得由他坐在账房里哗哗剥剥打好几天。接待厂家的客人，研究进货（进货是个大学问，是一年的大计，下年多进哪路货，少进哪路货，哪些必须常备，哪些可以试销，关系全年的盈亏），都少不了他。老二也很能干。量尺、撕布（撕布不用剪子开口，两手的两个指头夹着，借一点巧劲，嗤——的一声，布就撕到头了），干净利落。店伙的动作快慢，也是一个布店的招牌。顾客总愿意从手脚麻利的店伙手里买布。这是天分，也靠练习。有人就一辈子都是迟钝笨拙，改不过来。不管干哪一行，都是人比人，这是没有办法的事。弟兄俩都长得很神气，眉清目秀，不高不矮。布店的店伙穿得都很好。什么料子时新，他们就穿什么料子。他们的衣料当然是价廉物美的。他们买衣料是按进货价算的，不加利润；若是零头，还有折扣。这是布店的规矩，也是老板乐为之的。因为店伙穿得时髦，也是给店里装门面的事。有的顾客来买布，常常指着店伙的长衫或翻在外面的短衫的袖子："照你这样的，给我来一件。"

弟兄俩都已经成了家，老大已经有一个孩子，——叶三抱孙子了。

这年是叶三五十岁整生日，一家子商量怎么给老爷子做寿。老大老二都提出爹不要走宅门卖果子了，他们养得起他。

叶三有点生气了：

"嫌我给你们丢人？两位大布店的'先生'，有一个卖果子的老爹，不好看？"

儿子连忙解释：

"不是的。你老人家岁数大了，老在外面跑，风里雨里，水路旱路,做儿子的心里不安。"

"我跑惯了。我给这些人家送惯了果子。就为了季四太爷一个人,我也得卖果子。"

季四太爷即季匋民。他大排行是老四,城里人都称之为四太爷。

"你们也不用给我做什么寿。你们要是有孝心,把四太爷送我的画拿出去裱了,再给我打一口寿材。"这里有这样一种风俗,早早就把寿材准备下了,为的讨个吉利:添福添寿。于是就都依了他。

叶三还是卖果子。

他真是为了季匋民一个人卖果子的。他给别人家送果子是为了挣钱,他给季匋民送果子是为了爱他的画。

季匋民有一个脾气,一边画画,一边喝酒。喝酒不就菜,就水果。画两笔,凑着壶嘴喝一大口酒,左手拈一片水果,右手执笔接着画。画一张画要喝二斤花雕,吃斤半水果。

叶三搜罗到最好的水果,总是首先给季匋民送去。

季匋民每天一起来就走进他的小书房 —— 画室。叶三不须通报,由一个小六角门进去,走过一条碎石铺成的冰花曲径,隔窗看见季匋民,就提着、捧着他的鲜果走进去。

"四太爷，枇杷，白沙的！"

"四太爷，东墩的西瓜，三白！—— 这种三白瓜有点梨花香味，别处没有！"

他给季匋民送果子，一来就是半天。他给季匋民磨墨、漂朱膘、研石青石绿，抻纸。季匋民画的时候，他站在旁边很入神地看，专心致意，连大气都不出。有时看到精采处，就情不自禁的深深吸一口气，甚至小声地惊呼起来。凡是叶三吸气、惊呼的地方，也正是季匋民的得意之笔。季匋民从不当众作画，他画画有时是把书房门锁起来的。对叶三可例外，他很愿意有这样一个人在旁边看着，他认为叶三真懂，叶三的赞赏是出于肺腑，不是假充内行，也不是谀媚。

季匋民最讨厌听人谈画。他很少到亲戚家应酬。实在不得不去的，他也是到一到，喝半盏茶就道别。因为席间必有一些假名士高谈阔论。因为季匋民是大画家，这些名士就特别爱在他面前评书论画，借以卖弄自己高雅博学。这种议论全都是道听途说，似通不通。季匋民听了，实在难受。他还知道，他如果随声答音，应付几句，某一名士就会在别的应酬场所重贩他的高论，且说："兄弟此言，季匋民亦深为首肯。"

但是他对叶三另眼相看。

季匋民最佩服李复堂②。他认为扬州八怪里李复堂功力最深,大幅小品都好,有笔有墨,也奔放,也严谨,也浑厚,也秀润,而且不装模作样,没有江湖气。有一天叶三给他送来四开李复堂的册页,使季匋民大吃一惊:这四开册页是真的!季匋民问他是多少钱买的,叶三说没花钱。他到三垛贩果子,看见一家的橱柜的玻璃里镶了四幅画,——他在四太爷这里看过不少李复堂的画,能辨认,他用四张"苏州片"③跟那家换了。"苏州片"花花绿绿的,又是簇新的,那家还很高兴。

叶三只是从心里喜欢画,他从不瞎评论。季匋民画完了画,钉在壁上,自己负手远看,有时会问叶三:

"好不好?"

"好!"

"好在哪里?"

叶三大都能一句话说出好在何处。

季匋民画了一幅紫藤,问叶三。

叶三说:"紫藤里有风。"

"唔!你怎么知道?"

"花是乱的。"

"对极了!"

季匋民提笔题了两句词：

"深院悄无人，风拂紫藤花乱。"

季匋民画了一张小品，老鼠上灯台。叶三说："这是一只小老鼠。"

"何以见得。"

"老鼠把尾巴卷在灯台柱上。它很顽皮。"

"对！"

季匋民最爱画荷花。他画的都是墨荷。他佩服李复堂，但是画风和复堂不似。李画多凝重，季匋民飘逸。李画多用中锋，季匋民微用侧笔，——他写字写的是章草。李复堂有时水墨淋漓，粗头乱眼，意在笔先；季匋民没有那样的恣悍，他的画是大写意，但总是笔意俱到，收拾得很干净，而且笔致疏朗，善于利用空白。他的墨荷参用了张大千，但更为舒展。他画的荷叶不勾筋，荷梗不点刺，且喜作长幅，荷梗甚长，一笔到底。

有一天，叶三送了一大把莲蓬来，季匋民一高兴，画了一幅墨荷，好些莲蓬。画完了，问叶三："如何？"

叶三说:"四太爷,你这画不对。"

"不对?"

"'红花莲子白花藕'。你画的是白荷花,莲蓬却这样大,莲子饱,墨色也深,这是红荷花的莲子。"

"是吗? 我头一回听见!"

季匋民于是展开一张八尺生宣,画了一张红莲花,题了一首诗:

"红花莲子白花藕,

果贩叶三是我师。

惭愧画家少见识,

为君破例著胭脂。"

季匋民送了叶三很多画。—— 有时季匋民画了一张画,不满意,团掉了。叶三捡起来,过些日子送给季匋民看看,季匋民觉得也还不错,就略改改,加了题,又送给了叶三。季匋民送给叶三的画都是题了上款的。叶三也有个学名。他五行缺水,起名润生。季匋民给他起了个字,叫泽之。送给叶三的画上,常题"泽之三兄雅正"。有时径题"画与叶三"。

季匋民还向他解释：以排行称呼，是古人风气，不是看不起他。

有时季匋民给叶三画了画，说："这张不题上款吧，你可以拿去卖钱，——有上款不好卖。"

叶三说："题不题上款都行。不过您的画我不卖。"

"不卖？"

"一张也不卖！"

他把季匋民送他的画都放在他的棺材里。

十多年过去了。

季匋民死了。叶三已经不卖果子，但是他四季八节，还四处寻觅鲜果，到季匋民坟上供一供。

季匋民死后，他的画价大增。日本有人专门收藏他的画。大家知道叶三手里有很多季匋民的画，都是精品。很多人想买叶三的藏画。叶三说：

"不卖。"

有一天有一个外地人来拜望叶三，叶三看了他的名片，这人的姓很奇怪，姓"辻"，叫"辻听涛"。一问，是日本人。辻听涛说他是专程来看他收藏的季匋民的画的。

因为是远道来的，叶三只得把画拿出来。辻听涛非常虔诚，要了清水洗了手，焚了一炷香，还先对画轴拜了三拜，

然后才展开。他一边看,一边不停地赞叹:

"喔!喔!真好!真是神品!"

辻听涛要买这些画,要多少钱都行。

叶三说:

"不卖。"

辻听涛只好怅然而去。

叶三死了。他的儿子遵照父亲的遗嘱,把季匋民的画和父亲一起装在棺材里,埋了。

一九八二年二月二十八日

注释

① 本篇原载《北京文学》1982年第五期。初收《晚饭花集》,人民文学出版社,1985年3月。
② 李复堂,名鲜,字宗扬,复堂是他的号,又号懊道人。他是康熙年间的举人,当过滕县知县,因为得罪上级,功名和官都被革掉了,终年只作画师。他作画有时得向郑板桥去借纸,大概是相当穷困的。他本画工笔,是宫廷画家蒋廷锡的高足。后到扬州,改画写意,师法高其佩,受徐青藤、八大、石涛的影响,风度大变,自成一家。
③ 仿旧的画,多为工笔花鸟,设色娇艳,旧时多为苏州画工所作,行销各地,故称"苏州片"。苏州片也有仿制得很好的,并不俗气。

喜　神[①]

喜神即画像，这大概是宋朝人的说法。钱大昕《竹汀先生日记抄》："读宋伯仁《梅花喜神谱》……凡百图，图后五言绝一首，题曰'喜神'，盖宋时俗语，以写像为喜神也。"钱说未必准确。喜神我们那里现在还有这说法。宋伯仁画梅，只是取其神韵，"喜神"是诗意化了的说法，是从人像移用的。除了宋伯仁，也没有听说过称花卉画为喜神的。

作为人像的喜神图有两种。一种是生活像，即行乐图。袁枚《随园诗话》谓："古无小照，起于汉武梁祠画古贤烈女之像。而今则庸夫俗子皆有一行乐图矣。"行乐图与武梁祠画像，恐怕没有直接关系，袁枚盖亦揣测之词。自画或请人画小像，当起于唐宋，苏东坡即有小像。明清以后始盛行。"庸夫俗子皆有一行乐图矣"，是对的。我的外祖父即有一行乐图，是一横披。既是"行乐"，大都画得很闲适，外祖父的行乐图就是这样。他坐在一丛竹子前面的石头上，手执一卷书，样子很潇洒。其实我的外祖父是个很古板严厉的人，我从来没有看见过他坐在丛竹前的石头上，并且他从来不看一本书。

比行乐图更多见的喜神是遗像，北京人叫做"影"。画**遗像**的是专门的画匠，他们有一套特殊的技法。病人垂危，家里人就会把画匠请来。画匠端详着病人，用一张纸勾出他的脸形粗略的轮廓线条。回家在一张挖出一个椭圆的宣纸的**椭圆**处用淡墨画出像主的头像的初稿。照例要拿了初稿到"**本家**"去征求死者亲属的意见。意见总是有的，额头窄了、**颧骨**高了、人中长了……最挑剔的大都是姑奶奶。画匠把初稿拿回去，换一张新纸，勾了墨色较深的单线，敷出淡淡的肤色，"喜神"的头部就算完成。中国的传真画像的匠师有一套秘传的"百脸图"，把人的面部经过分析，定出一百**种类型**，画像时选定一种，对着真人，斟酌加减，画出来总是相当像的。我们县城里画像画得最好的是管又萍，他的画价也最贵。

"开脸"之后，画穿戴。男的都是补褂朝珠，颜色是一样的，只有顶子不能乱画。大红顶子、金顶子，不能乱来。常见的喜神上的顶子多半是蓝顶子、水晶顶子，因为这是不大的功名。女的则一律是凤冠霞帔。这有点奇怪，男女时代不同。喜神上的老爷是清装——袍套，太太则是明代的服装——凤冠霞帔是明代服装。据说这跟洪承畴的母亲有关。洪母忠于明室，死后顺治特许以明代命妇服装盛殓。以后就将此制度延续了下来。顺治开国，为了笼络人心，所颁圣谕或者可信。

画穿戴是很费工的，要画得很细致。曾见过一篇谈齐白石的文章，说他画的像能透过纱套，看得见里面袍子上的团龙。其实这是所有的画匠都做得到的，只要不怕麻烦。

管又萍画像只管"开脸"，画穿戴都交给了徒弟。他有两个徒弟，都是哑巴。他们也能"开脸"，只是不那么传神。

管又萍病重，自知不起，他叫两个徒弟给他画一张像。徒弟画好了，他看了看，叫徒弟拿一面镜子、一枝笔来，他对着镜子看了看，在徒弟画的像上加了两笔。传神阿堵，颊上三毫，这张像立刻栩栩如生，神气活现。

管又萍放下画笔，咽了气。

一九九五年三月二十五日

注释

① 本篇原载《收获》1995年第四期。初收《汪曾祺全集》第二卷，北京师范大学出版社，1998年8月。

子孙万代①

傅玉涛是"写字"的。"写字"就是给剧场写海报,给戏班抄本子。抄"总讲"(全剧),抄"单提"(分发给演员的,只有该演员所演角色的单独的唱词)。他的字写得不错,"欧底赵面"。时不常的,有人求他写一个单条,写一个扇面。后来,海报改成了彩印的,剧本大都油印了或打字了,他就到剧场卖票。日子还算混得过去。

他有个癖好,爱收藏小文物。他有一面葡萄海马镜,一个"长乐未央"瓦当,一块藕粉地鸡血石章,一块"都陵坑"田黄,一对赵子玉的蛐蛐罐,十几把扇子。齐白石、陈衡恪、姚茫父、王梦白、金北楼、王雪涛。最名贵的是一把吴昌硕画的,画的是枇杷,题句是"鸟疑金弹不敢啄"。他不养花,不养鸟,没事就是反反覆覆地欣赏他的藏品。这些小文物大都是花不多的钱从打小鼓的小赵手里买的。小赵和他是街坊，收到什么东西愿意让傅玉涛过过眼，小赵佩服傅玉涛，认为他懂行。傅玉涛也确实帮小赵鉴定过一些字画瓷器，使小赵卖了一个好价钱。

一天，小赵拿了一对核桃，请傅玉涛看看，能不能卖个块儿八毛的。傅玉涛接过来一看，用手掂了掂两颗核桃，说：

"哎呀，这可是好东西！两颗核桃的大小、分量、形状，完全一样，是天生的一对。这是'子孙万代'呀！"

"什么叫'子孙万代'？"

"这你都不懂，亏你还是个打小鼓的呢！你看，这核桃的疙瘩都是一个一个小葫芦。这就叫'子孙万代'。这是真'子孙万代'。"

"'子孙万代'还有真假之分？"

"真的葫芦是生成的，假'子孙万代'动过刀，有的葫芦是刻出来的。这对核桃可够年份了。大概已经经过两代人的手。没有个几十年，揉不出这样。你看看这颜色：红里透紫，紫里透红，晶莹发亮，乍一看，像是外面有一层水。这种色，是人的血气透进核桃所形成。好东西！好东西！——让给我吧！"

"傅先生喜欢,拿去玩吧。"

"得说个价。"

"咳,说什么价,我一毛钱收来的。"

"那,这么着吧,我给两块钱,算是占了你的大便宜了。"

"傅先生,您这是干什么!咱们是老街坊,我受过你的好处,一对核桃还过不着吗?"

傅玉涛掏出两块钱,塞进小赵的口袋。

"傅先生!傅先生!唉,这是怎么话说的!"

傅玉涛对这一对核桃真是爱如性命,他做了两个平绒小口袋,把两颗核桃分别装在里面,随身带着。一有空,就取出来看看,轻轻地揉两下,不多揉。这对核桃正是好时候,再多揉,就揉过了,那些小葫芦就会圆了,模糊了。

文化大革命。

红卫兵到傅玉涛家来破四旧,把他的小文物装进一个麻袋,呼啸而去。

四人帮垮台。

傅玉涛不再收藏文物,但是他还是爱逛地摊,逛古玩店。有时他想也许能遇到这对核桃。随即觉得这想法很可笑。十年浩劫,多少重要文物都毁了,这对核桃还能存在人间么?

一天，他经过缸瓦市一个小古玩店，进去看了看。一看，他的眼睛亮了：他的那对核桃！核桃放在一个玛瑙碟子里。他掏出放大镜，隔着橱柜的玻璃细细地看看：没错！这对核桃他看的次数太多了，核桃上有多少个小葫芦他都数得出来。他问售货员："这对核桃是什么人卖的？"——"保密。"——"原先核桃有两个平绒小口袋装着的。"——"有。扔了。——你怎么知道？"——"小口袋是我缝的。"——"？"傅玉涛看了看标价：外汇券250。这时进来了一个老外。老外东看看，西看看，看见这对核桃。

"这是什么？"

售货员答："核桃。"

"玉的？"

"不是玉的。就是核桃。"

"那为什么卖那么贵？"

售货员请傅玉涛给老外解释解释。

傅玉涛说：

"这不是普通的核桃，是山核桃。"

"山核桃？"

"这种核桃不是吃的，是揉的。"

"揉的?"

傅玉涛叫售货员把玻璃柜打开。傅玉涛把两颗核桃拿在手里,熟练地揉了几圈。

"这样。"

"揉?有什么好处?"

"舒筋活血。"

"舒,筋,活,血?"

"您看这核桃的色,红里透紫,紫里透红,这是人的血气透进了核桃。"

"血——气?"

"把核桃揉成这样,得好几十年。"

"好几十年?"

"两代人。"

"两代人,揉一对核桃?"

"Yes!"

"这对核桃,有一个名堂,叫'子孙万代'。"

"子孙万代?"

"您看这一个一个小疙瘩,都是小葫芦。"傅玉涛把放大镜给老外,老外使劲地看。

"是雕刻的？"

"No，是天生的。"

"天生的？ 噢，上帝！"

"这样的核桃，全中国，您找不出第二对。"

"我买了！"

老外付了钱，对傅玉涛说：

"Thank You，—— 谢谢你！"

老外拿了这对子孙万代核桃，一路上嘟哝：

"子，孙，万，代！子孙万代！"

傅玉涛回家，炒了一个麻豆腐，喝了二两酒，用筷子敲着碗也唱了一句西皮慢三眼：

"我好比笼中鸟有翅难展……"

一九九三年八月二十七日

注释

① 本篇原载1993年12月1日《大公报》。初收《汪曾祺全集》第二卷，北京师范大学出版社，1998年8月。

糖糕

收字纸的老人①

中国人对于字有一种特殊的崇拜心理,认为字是神圣的。有字的纸是不能随便抛掷的。亵渎了字纸,会遭到天谴。因此,家家都有一个字纸篓。这是一个小口、宽肩的扁篓子,竹篾为胎,外糊白纸,正面竖贴着一条二寸来宽的红纸,写着四个正楷的黑字:"敬惜字纸"。字纸篓都挂在一个尊贵的地方,一般都在堂屋里家神菩萨的神案的一侧。隔十天半月,字纸篓快满了,就由收字纸的收去。这个收字纸的姓白,大人小孩都叫他老白。他上岁数了,身体却很好。满腮的白胡子茬,衬得他的脸色异常红润。眼不花,耳不聋。走起路来,腿脚还很轻快。他背着一个大竹筐,推门走进相熟的人家,到堂屋里把字纸倒在竹筐里,转身就走,并不惊动主人。有时遇见主人正在堂屋里,也说说话,问问老太爷的病好些了没有，小少爷快该上学了吧……

他把这些字纸背到文昌阁去，烧掉。

文昌阁的地点很偏僻，在东郊，一条小河的旁边，一座比较大的灰黑色的四合院。叫做阁，其实并没有什么阁。正面三间朝北的平房，砖墙瓦顶，北墙上挂了一幅大立轴，上书"文昌帝君之神位"，纸色已经发黑。香案上有一副锡制的香炉烛台。除此之外，一无所有，显得空荡荡的。这文昌帝君不知算是什么神，只知道他原先也是人，读书人，曾经连续做过十七世士大夫，不知道怎么又变成了"帝君"。他是司文运的。更具体地说，是掌握读书人的功名的。谁该有什么功名，都由他决定。因此，读书人对他很崇敬。过去，每逢初一、十五，总有一些秀才或候补秀才到阁里来磕头。要是得了较高的功名，中了举，中了进士，就更得到文昌阁来拈香上供，感谢帝君恩德。科举时期，文昌阁在一县的士人心目中是占据很主要的位置的，后来，就冷落下来了。

正房两侧，各有两间厢房。西厢房是老白住的。他是看文昌阁的，也可以说是一个庙祝。东厢房存着一副《文昌帝君阴骘文》的书板。当中是一个颇大的院子，种着两棵柿子树。夏天一地浓阴，秋天满株黄柿。柿树之前，有一座一人多高的砖砌的方亭子，亭子的四壁各有一个脸盆大的圆洞。这便是烧化字纸的化纸炉。化纸炉设在文昌阁，顺理成章。老白收了字纸，便投在化纸炉里，点火焚烧。化纸炉四面通风，不大一会，就烧尽了。

老白孤身一人，日子好过。早先有人拈香上供，他可以得到赏钱。有时有人家拿几刀纸让老白代印《阴骘文》（印了送人，是一种积德的善举），也会送老白一点工钱。老白印了多次《阴骘文》，几乎能背下来了（他是识字的），开头是："帝君曰：吾一十七世为士大夫，身未尝虐民酷吏……"后来，也没有人来印《阴骘文》了，这副板子就闲在那里，落满了灰尘。不过老白还是饿不着的。他挨家收字纸，逢年过节，大家小户都会送他一点钱。端午节，有人家送他几个粽子；八月节，几个月饼；年下，给他二升米，一方咸肉。老白粗茶淡饭，怡然自得。化纸之后，关门独坐。门外长流水，日长如小年。

他有时也会想想县里的几个举人、进士到阁里来上供谢神的盛况。往事历历，如在目前。有一天夜里，他做了一个梦，李三老爷点了翰林，要到文昌阁拈香。旗锣伞扇，摆了二里长。他听见有人叫他："老白！老白！李三老爷来进香了，轿子已经到了螺蛳坝，你还不起来把正门开了！"老白一骨碌坐起来，愣怔了半天，才想起来三老爷已经死了好几年了。这李三老爷虽说点了翰林，人缘很不好，一县人背后都叫他李三麻子。

老白收了字纸，有时要抹平了看看（他怕万一有人家把房地契当字纸扔了，这种事曾经发生过）。近几年他收了一些字纸，却一个字都不认得。字横行如蚯蚓，还有些三角、圆圈、四方块。那是中学生的英文和几何的习题。他摇摇头，把这些练习本和别的字纸一同填进化纸炉烧了。孔夫子和欧几米德、纳斯菲尔于是同归于尽。

老白活到九十七岁，无疾而终。

注释

① 本篇选自《故人往事》，原载《新苑》1986年第一期。初收《汪曾祺自选集》，漓江出版社，1987年10月。

鸡 鸭 名 家[①]

刚才那两个老人是谁?

父亲在洗刮鸭掌,每个蹠蹼都撑开细细看过,是不是还有一丝泥垢,一片没有刮尽的皮,样子就像是作着一件精巧的手工似的。两付鸭掌,白白净净,一只一只,妥妥停停的一排。四个鸭翅,也白白净净,一只一只,妥妥停停一排。看起来简直绝对想不到那是从一只鸭子身上取下来的,仿佛天生成这么一种好吃东西,就这样生的就可以吃了,入口且一定爽糯鲜甜无比,漂亮极了,可爱极了。我忍不住伸手用指头去捏捏弄弄,觉得非常舒服。鸭翅尤其是血色和匀丰满而肉感。就是那个教我拿着简直无法下手的鸭肫,父亲也把它处理得极美,他握在手里,掂了一掂,"真不小,足有六两重!"用他那把角柄小刀从栗紫色当中闪着钢蓝色的那儿一个微微凹处轻轻一划,一翻,蓝黄色鱼子状的东西绽出来了。"你说脏,脏甚么!一点都不!"是不脏,他弄得教我觉得不脏,我甚至没有觉得臭味。洗涮了几次,往鸭掌鸭翅之间一放,样子名贵极了,一个甚么珍奇的果品似的。我看他作这一切,用他的洁白的,熨贴的,然而男性的,有精力,果断,可靠的手作这一切,看得很感动。王羲之论钟张书,"张精熟过人,"又曰"须得书意转深,点画之间皆有意,自有言所不得尽其妙者,事事皆然。""精熟","有意",说得真好。我追随他的每一动作,以心,以目,正如小时,看他作画。父亲一路来直称赞鸡鸭店那个伙计,说他拗折鸭掌鸭翅,准确极了,轻轻一来,毫不费事,毫不牵皮带肉,再三赞叹他得着了"诀窍",所好者技,进乎道矣,相信父亲自己落到鸡鸭店作伙计,也一定能作到如此地步的!

这个地方鸡鸭多,鸡鸭店多,教门馆子多,一定有不少回回。回回多,当有来历,是一颇有兴趣问题,我们家乡信回教的极少,数得出来的,鸡鸭店则全城似只一家。小小一间铺面,干净而寂寞,经过时总为一种深刻印象所袭,一种说不出来的东西与别人家截然不同。铺子在我舅舅家附近,出一个深巷高坡,上了大街,拐角上第一家就是。主人相貌奇古，一个非常的大鼻子，真大！鼻子上一个洞，一个洞，通红通红，十分鲜艳，一个酒糟鼻子。我从那一个鼻子上认得了什么叫酒糟鼻子。没有人告诉过我，我无师自通，一看见那个鼻子就知道了："酒糟鼻子！"日后我在别处看见了类似而远比不上的鼻子，我就想到那个店主人。刚才在鸡鸭店我又想到那个鼻子！从来没有去买过鸡鸭，不知那个鼻子有没有那样的手段？现在那个人，那片店，那条斜阳古柳的巷子不知如何了。……

一串螃蟹在门后叽哩咕噜吐着泡沫。

打气炉子呼呼的响。这个机械文明在这个小院落里也发出一种古代的声音，仿佛是《天工开物》甚至《考工记》上的玩意了。

一声鸡啼。一个金彩烂丽的大公鸡，一只很好的鸡，在小天井里徘徊顾盼，高傲冷清，架上两盆菊花，一盆晓色，一盆懒梳妆。——大概多数人一定欣赏懒梳妆名目，但那不免过于雕琢著意，太贴附事实，远不比晓色之得其神理，不落形象，妙手偶得，可遇不可求。看过又画过这种花的就可以晓得，再没有比这更难捉摸的颜色了，差一点就完全不是那回事！天晓的颜色是甚么样子呢，可是一看到这种花瓣碛碛碛，清新醒活的劲儿，你就觉得一点不错，这正是"晓色"！心中所有，笔下所无的两个字。

　　我们刚回来一会儿，买了鸭翅，鸭掌，鸭舌，鸭肫，八只蟹，青菜两棵，葱一小把，姜一块回来，我来看父亲，父亲整天请我吃，来了几天，吃了几天。昨天晚上隔了一层板壁，他睡在外面房间，我睡在里头，躺在床上商议明天不出去吃了，在家里自己作。不要多，菜只要两个，一个蟹，蒸一蒸，不费事，——喝酒；一个舌掌汤，放两个菜头烩一烩——吃饭。我父亲实在很会过日子，一个人在外头，一高兴就自己作饭，很会自得其乐！——那几只蟹买得好，在路上已经有两个人问过，好大蟹，甚么地方买的，多少钱一斤，很赞许的样子，一个老先生，一个女人，全都自然极了，亲切极了，可是我们一点也不认识，真有意思！大都市里恐怕很少这种情形了。

　　那两个老人是谁呢，父亲跟他们招呼的，在沙滩上？——
　　街上回来，行过沙滩。沙滩上有人分鸭子。三个，——后来又来了一个，四个，四个汉子站在一个大鸭圈里，在熙熙攘攘的鸭子里，一个一个，提起鸭脖子，看一看，分别丢在四边几个较小鸭圈里。看的甚么？——四个人都是短棉袄。有纽子扣得好好的，有的只掖上，下面皆系青布鱼裙，这一带江边湖边，荡口桥头，依水而住，靠水吃水的人，卖鱼的，贩菱藕的，收鸡头芡实，经营芦柴茭草生意的，类多有这么一条青布裙子。昨天在渡口市滩看见有这种裙子在那儿卖，我说我想买一条，父亲笑笑。我要当真去买，人家不卖，以为我是开玩笑的。真想看一个人走来讨价还价，说好说歹，这一定是很值得一看的。然而过去又过来，那两条裙子竟是原样放着，似乎没有人抖开前前后后看过！这种裙子穿在身上，有甚么好处，甚么方便，有甚么感情洋溢出来呢？这与其说是一种特别装束，不如说是一种特别装束的遗制，其由来盖当相当古远，似乎为了一点纪念的深心！他们才那么爱好这条裙子，和头上那种瓦块毡帽。这么一打扮，就"像"了，所有的身份就都出来了。"我与我周旋久，宁作我，"生养于水的，必将在水边死亡，他们从不梦想离开水，到另一处去过另外一种日子，他们简直自成一个族类，有他们不改的风教遗规。看的是鸭头，分别公鸭母鸭？母鸭下蛋，可能价钱卖得贵些？不对！鸭子上了市，多是卖给人吃，养老了下蛋的十只里没有一只。要单别公母，弄两个大圈就行了，把公的赶到一边，剩下不就全是母的了，无须这么麻烦。是公是母,一眼还不就看出来,得要那么捉起来放到眼前认一认么? 那几个小圈里分明灰头绿头都有。——沙滩上悠悠窅窅,安静极了,然而万籁有声,江流浩浩,飘忽着一种广大深微的呼吁,一种半消沉半积极的神秘意向,极其悄怆感人。东北风。交过小雪了,真的入了冬了,可是江南地暖,虽已至"相逢不出手"时候,身体各处却还觉得舒舒服服,饶有清兴,不很肃杀。天有默阴,空气里潮润润的。新麦,旧柳,抽了卷须的豌豆苗,散过了絮的蒲公英,全都欣然接受这点水气,很久没有下雨。鸭子似乎也很满意这样的天气,显得比平常安静得多。脖子被提起来,并不表示抗议,——也由于那几个鸭贩子提得是地方,一提起,就势儿就摔了过去,不致令它们痛苦,甚至那一摔还会教它们得到筋肉伸张的快感,所以往来走动,煦煦然很自在的样子,一点也看不出悲惨。人多以为鸭子是很会唠叨的动物,其实鸭子也有默处的时候,不过这么一大群鸭子而能如此雍雍雅雅,我还从未见过! 它们今天早上大都得到一顿饱餐了罢。——甚么地方来了一阵煮大麦芽的气味,香得很,一定有人用长柄大铲子慢慢的搅和着,就要出糖了。——是称称斤量,分开新鸭老鸭? 也不对。这些鸭子全差不多大,没有问题，全是今年养的，生日不是四月就是五月初头，上下差也差不了几天。骡马看牙口，鸭子不是骡马。要看，也得叫鸭子张嘴，而鸭子嘴全闭得扁扁的！黄嘴也扁扁的，绿嘴也扁扁的。掰开来看全都是一圈细锯齿，它的板牙在肚子里，膆囊里那堆石粒子！嘴上看甚么呢？——我已经断定他们看的是鸭嘴。看甚么呢？哦，鸭嘴上有点东西！有一个一个印子，刻出来的。有的是一道，有的两道，有的一个十字叉叉，那个脸红通通的小伙子，（他棉袄是新的，鞋袜干干净净，他不喝酒，不赌钱，他是个好"儿子"，他有个很疼爱他的母亲。我并不嫉妒你！）尽挑那种嘴上两道的。这是记认。这一群鸭子不是一家养的，主人相熟，一伙运过江来，搅乱了，现在再分开各自出卖。对了，不会错的，这个记认作得实在有道理。

江边风大，立久了究竟有点冷，走罢。

刚才运那一车子鸡的夫妻俩不知到了那里。一板车的鸡，一笼一笼堆得高高的。这些鸡算不算他们自己的？算他们的，该不坏了，很值几文呢。看样子似不大像，他们穿得可大不齐整。这是作活，不是上庙烧香，不是回娘家过节，用不着打扮，也许。这付板车未免太笨重了一点，车本身比那些鸡一定重得多。——虽然空车子拉起来一定又觉得很轻松的。我起初真有点不平,这男人岂有此理,让女人在前头拉,自己提了两个看起来没有多大分量的蒲包在后头自自在在的踱方步,你就在后头推一把也不妨呀!父亲不说甚么,很关心的看他们过去。一直到了快拐弯的地方,我们一相视,心里有同样感动了。这一带地怎么那么不平,那么多的坑!车子拉动了之后,并不怎么费力的,陷在坑里要推上来才不容易。一下子歪倒了,赶紧上去救住,不但要气力,而且要机警灵活,压着撞着都不轻。这一下子,够受的!他抵住了,然而一个轮子还是上不来。我们走过来,两个老人也跑了过来。我上去推了一把,毫无用处,还是老人之一检了一块砖煞住一个老往后滑的轮子,那个男人(我现在觉得他很伟大,很敬佩他),发一声喊,车子来了!不该走这条路的,该稍为绕绕,旁边不还稍为平点么。她是没有看到?是想一冲冲过去的?他要发脾气了,埋怨了!然而他没有,不但脸上没有,心里也没有。接过女人为他拾回来的落掉的瓦块帽子,掸一掸草屑,戴上,"难为了,"又走了,车子吱吱呕呕拉了过去。我这才听见,怎么刚才车轴似乎没有声音呢?加点油是否好些?他那两个蒲包里是甚么东西?鸡食?路上

"歪掉"的鸡？ 两包盐？

我想起《打花鼓》，

> 恩爱的夫妻
>
> 槌不离锣

这两句老在我心里唱，连底下那个"啊呃哎"。这个"啊呃哎"一声一声的弄得我心里很凄楚起来。小时杂在商贾负贩人中听过庙戏多回，不知怎么记得这么两句《一枝花》。后来翻查过戏谱，曾记诵过《打花鼓》全出，可是一有甚么感触时仍是这两句，没头没脑的尽是哼哼。

这个记认作得实在很有道理。遍观鸭子全身，还有甚么其他地方可以作记认呢？ 不像鸡，鸡长大了毛色各各不同，养鸡人全都记得，在他们眼中世界上没有两只同样的鸡，（《王婆骂鸡》曲本中列鸡色目甚繁夥贴当，可惜背不全了！）偷去杀了吃掉，剥下一堆毛，他认也认得清，小鸡子则都给染了颜色，在肩翅之间，或红或绿。有老母鸡领着，也不大容易走失。染了颜色不大好看，我小时颇不赞成，但人家养鸡可不是为的给我看的！ 鸭子麻烦，身上不能染红绿颜色，它要下水，整天浸在水里颜色要褪。到一放大毛，普天之下的鸭子就只有两种样子了，公鸭，母鸭。所有的公鸭都一样，所有的母鸭也全一样。鸭子养在河里，你家养，他家养，在河里会面打伙时极多，虽然赶鸭人对自己的鸭有法调度，可是有时不免要混杂。可以作记认，一看就看出来的只有那张嘴。（沈石田画鸭，总是把鸭嘴画得比实际的要宽长些，看过他三幅有鸭子或专画鸭子的画，莫不如是。）上帝造鸭，没有想到鸭嘴有这么个用处罢。小鸭子，嘴嫩嫩的，刻起来大概很容易，用把小洋刀，钳子，钉头，或者随便甚么，甚至荆棘的刺，但没有问题，养鸭人家一定专有一个甚么东西，轻轻那么一划就成了。鸭嘴是角质，就像指甲似的没有神经，刻起来不痛。刻过的，没有刻过的，只要是一张嘴，一样的吃碎米，浮萍，蛆虫，虾蚤，猫杀子罗汉狗子小鱼，鸭子们大概毫不在乎，不会有一只鸭子发现了，大叫出来，"咦，老哥，你嘴上怎么回事，雕了花？"想出这个主意的必然是个伶俐聪敏人。这四个汉子中那一个会发明出来，如果从前从未有过这么一个办法？那个红脸小伙子眼睛生得很美，很撩人的，他可以去演电影。——不，还是鱼裙瓦块帽做鸭子生意！

然而那两个老人是谁呢？

父亲揭起煨罐盖子看看，闻了闻气味，"差不多了，"把一束葱放下去，掇到另一小火的炉上闷起来，打汽炉子空出来蒸蟹。碗筷摆出来，两个杯子里酌满了酒，就要吃饭了。酒真好，我十年来没有喝过这样好酒。父亲说我来了这几天，他比平常喝得要多些，我很喜欢。

"那两个年纪大的是谁？"

"怎么，—— 你不记得了？"

我还以为我的话问得突兀，我们今天看见过好几个老人，虽然同时看见，在一处的，只有那两个；虽然父亲跟他们招呼过，未必像我一样对他们有兴趣，一直存在心里罢。他这一反问教我很高兴，分明这是很值得记得的两个人，我的眼睛没有错，他们确是有吸引人的地方的！我以为父亲跟他们招呼时有种特殊的敬爱，也没有错，我一问，他即知道问的是谁。大概父亲也会谈起的。

"一个是余老五。"

余老五！这我立刻就知道了，是高大，广额方颡，一腮帮子白胡子根的那个。刚才我就觉得似曾相识，那里看见过的，想来想去，找不到那个名字，我还以为又是把在另一处看过的一个老人的影子错借来了。他是余老五，真不该忘记。近二十年了，我从前想过他，若是老了该是甚么样子，正是这个样子！难怪那么面熟。他不该上这里来，若在家乡街上，我能不认得？—— 那个瘦瘦小小，目光精利，一小撮山羊胡子，头老微微扬起，眼角微有嘲讽痕迹，行动不像是六十几的人，是 ——

"陆长庚。"

"陆长庚。"

"陆鸭。"

陆鸭！不过我只能说是知道他，那时候我还小。—— 不像余老五那是天天见得到的老街坊。

说是老街坊，余大房离我们家很有一截子路，地名大溏，已经是附郭最外一圈，是这条街的尾闾了。余大房是一个炕，余老五在余大房炕房当师傅。他虽姓余，炕房可不是他开的，虽然他是这个炕房里顶重要的一个人。老板或者是他一宗，恐怕相当远，不大清楚了。大溏是一片大水，由此可至东北各乡及下河县城水道，而水边有人家处亦称大溏。这是个很动人的地方，风景人物皆极有佳胜处，产生故事极多。

在这里出入的，多是那种戴瓦块毡帽系鱼裙朋友。用一个小船在河心里顺流而下，可以看到垂杨柳，脆皮榆，茅棚瓦屋之间高爽地段常有一座比较齐整的房子，两边墙上粉得雪白，几个黑漆大字，显明阅目，一望可见，夏天外头多用芦席搭一个凉棚，绿缸中渍着凉茶，冬天照例有卖花生薄脆的孩子在门口踢毽子，树顶常飘有做会的纸幡或红绿灯笼的那是"行"。一种是鲜货行，代客投牙买卖鱼虾水货，荸荠慈菇，芋艿山药，鸡头薏米，种种杂物。一种是鸡鸭蛋行。鸡鸭蛋行旁边常常是一爿炕房。炕房无字号，多称姓某几房，似颇有古意，而余大房声誉最著，一直是最大的一家。

余五整天没有甚么事情，老看他在街上逛来逛去，而且到哪里提了他那把紫沙茶壶，坐下来就聊，一聊一半天。而且好喝酒，一天两顿，一顿四两。而且好管闲事，跟他毫无关系的事，他也要挤上来说话。而且声音奇大，这条街上一爿茶馆里随时听见他的声音。有时炕房里差个小孩子来找他有事，问人看见没有。答话人常是"看没有看见，听倒听见的。再走过三家门面，你把耳朵竖起来，找不到，再回来问我。"他一年闲到头，吃，喝，穿，用，全不缺。余大房养他。只有春夏之间，不大看见他影子了。

不知多少年没有吃那种"巧蛋"了。巧蛋是孵小鸡没有孵出来的蛋。不知甚么道理，常常有些小鸡长不全，多半是长了一个小头，下面还是个蛋，不过颜色已变，黄黄的，上面略有几根毛丝；有的甚至连翅膀也全了。只是出不了壳。出不了壳，是鸡生得笨，所以这种蛋也称为"拙蛋"，说是小孩吃不得的，吃了书念不好。可是通常反过来，称为"巧蛋"了，念书的孩子也就马马虎虎准许吃了，虽然并不因为带一个巧字而鼓励孩子吃。这东西很多人不吃的。因为看上去有点发酥发麻，想一想也怪不舒服。对于不吃的人，我并不反对。有人很爱，到时候千方百计的去找。很惭愧，我是吃过的，而且只好老实说，味道很不错。吃都吃过了，赖也赖不掉，想高雅也高雅不起来了。——吃巧蛋的时候，看不见余五了，清明前后，正是炕鸡子的时候。接着，又得炕小鸭子，四月。

蛋先得挑一挑，那多是蛋行里人责任，哪一路，哪一路收来的蛋，他们都分得好好的，鸡鸭也有"种口"，哪一种容易养，哪一种长得高大，哪一种下得蛋，他们全知道。分好了，剔一道，薄壳，过小，散黄，乱带，日久，全不要。再就是炕房师傅的事了。在一间暗屋子里，一扇门上开一个小圆洞，蛋放在洞上，闭一只眼睛，睁一只眼睛反覆映看，谓之"照蛋"。第一次叫"头照"。头照是照"珠子"，照蛋黄中的胚珠，看受过精没有，用他们说法，是看有过公鸡，或公鸭没有。没有过公鸡公鸭的，出不了小鸡小鸭。照完了，这就"下炕"了。下炕后三四天，（他们是论时辰的，不会这么含胡，三四天是我的印象，）取出来再照，名为"二照"，二照照珠子"发饱"没有。头照很简单，谁都作得来，不用在门洞上，用手轻握如筒，蛋放在底下，迎着亮，转来转去，就看得出有没有那么一点了。二照比较要点功夫，胚珠是否隆起了一点，常常不容易断定。二照剔下来的蛋拿到外头卖，还是一样，一点看不出是炕过的。二照之后，三照四照，隔几天一次，三四照之后的蛋就变了，到知道炕里蛋都在正常发育，就不再动它，静待出炕"上床"。

下了炕之后，不大随便让人去看。下炕那天照例三牲五事，大香大烛，燃鞭放炮，磕头拜敬祖师菩萨，很隆重庄严。炕一年就作一季生意，赚钱蚀本就看这几天。但跟余五熟识，尤其是跟父亲一起去，就可以走进炕边看看。所谓"炕"是一口一口缸，里头涂糊泥草，下面不断用火烘着。火要微微的，保持一定温度。太热了一炕蛋就都熟了，太小也透不进去。甚么时候加点糠或草,甚么时候去掉一点,这是余五职分。那两天他整天不离开一步。许多事情不用他下手,他只须不时看一看,吩咐两句话,有下手从头照着作。余五这可显得重要极了,尊贵极了,也谨慎极了,还温柔极了。他说话细声细气,走路也轻轻的,举止动作,全跟他这个人不相称。他神情很奇怪,像总在谛听着甚么似的,怕自己轻轻咳嗽也会惊散这点声音似的,聚精会神,身体各部全在一种沉湎,一种兴奋,一种极度敏感之中。熟悉炕房情形的人,都说这行饭不容易吃,一炕下来,人要瘦一套,吃饭睡觉也不能马虎一刻,这样前前后后半个多月!从前炕房里供余五抽烟的。他总是躺在屋角一张小床上抽烟,或者闭目假寐,不时就壶嘴喝一口茶,哑哑的说一句甚么话。一样借以量度的器械都没有,就凭他这个人,一个精细准确而复杂多方的"表",不以形求,全以神遇,用他的下意识来判断一切。这才是目睹身验着一个一个生命怎么完成,多有意思事情!炕房里暗暗的,暖洋洋的,空气里潮濡濡的,笼着一度暧昧含隐的异样感觉,怔怔悸悸,缠绵持续,惶恐不安,一种怀春含情的感觉。余老五也真是有一种"母性",虽然这两个字不管用在从前一腮帮子黑胡根子,现在一腮帮子白胡根子的余五身上都似颇为滑稽。

蛋炕好了,放在一张一张木架上,那就是"床"。床上垫棉花,放上去,不多久,就"出"了,小鸡子一个一个啄破蛋壳,啾啾叫起来。听到这声音,老板心里就开了花,而余五眼皮一搭拉,已经沉沉睡去了,小鸡子在街上卖的时候,正是余五呼呼大睡的时候。——鸭子比较简单,连床也不用上,难的是鸡。

卖小鸡小鸭是很有意思的行业。小鸡跟真正的春天一起来,气候也暖了,花也开了。而小鸭子接着就带来了夏天。"春江水暖鸭先知,"说的岂是老鸭?然而老鸭多半养在家里,在江水中游泳的似不甚多。画春江水暖诗意画出黄毛小鸭来,是极自然的,然而事实上大概是错的。小鸡小鸭都放在一个竹编浅沿有盖大圆盒子里卖,挑了各处走,似乎没有吆唤的。一路走,一路啾啾的叫,好玩极了。小鸡小鸭皆极可爱,小鸡娇弱伶仃,小鸭常傻气固执。看它们窜跑跳跃,感到生命的欢欣。提在手里,那点微微挣抗搔骚,令人心中砰砰然动,胸口痒痒的。

余大房何以生意最好?因为有一个余老五,余老五是这一行的一个"状元"。余老五何以是状元?他炕出来的小鸡跟别人家的摆在一起，来买的人一定买余老五的鸡，他的小鸡特别大。刚刚出炕的小鸡，刚从蛋里出来的，照理是一样大小，不过是那么重一个，然而余五鸡就能大些。上戥子称，上下差不多，而看上去他的小鸡要大一套！那就好看多了，当然有人买。怎么能大一套呢？他让小鸡的绒毛都出足了。鸡蛋下了炕，比如要几十个时辰，可以出炕了，别的师傅都不敢到那个最后限度，小鸡子出得了，就取出来上床，生怕火功水气错了一点，一炕蛋整个的废了，还是稳点罢，没有胆量等。余五大概总比较多等一个半个时辰。那一个半个时辰是顶吃紧时候，半个多月功夫就在这一会现出交代，余五也疲倦到达到极限了，然而他比平常更觉醒，更敏锐。他那样子让我想起"火眼狻猊"，"金眼雕"之类绰号，完全变了一个人，眼睛陷下去，变了色，光彩近乎疯人狂人。脾气也大了，动辄激恼发威，简直碰他不得，专断极了，顽固极了。很奇怪的，他倒简直不走近火炕一步，半倚半靠在小床上抽烟，一句话也不说。木床绵絮准备得好好的，徒弟不放心，轻轻来问一句"起了罢？"摇摇头，"起了罢？"还是摇摇头，只管抽他的烟，这一会儿正是小鸡放绒毛的时候，忽而作然而起，"起！"徒弟们赶紧一窝蜂取出来，简直才放上床，就啾啾啾啾的纷纷出来了。余五自掌炕以来,从未误过一回事,同行中无不赞叹佩服,以为神乎其技。道理是简单的,可是人得不到他那种不移的信心。不是强作得来的,是天才,是学问,余五炕小鸭,亦类此出色。至于照蛋煨火等节目,是尤其余事了。

因此他才配提了紫砂壶到处闲聊,一事不管,人家说不是他吃老板,是老板吃着他,没有余老五,余大房就不成其为余大房了,没有余大房,余老五仍是一个余老五。甚么时候他前脚跨出那个大门,后脚就有人替他把那把紫砂壶接过去了,每一家炕房随时都在等着他。从前每年都有人来跟他谈的,他都用种种方法回绝了,后来实在麻烦不过,他开玩笑似的说"对不起,老板坟地都给我看好了!"

父亲说,后来余大房当真托人在泰山庙,就在炕房旁边,给他谈过一小块地,买成没有买成,可不知道了,附近有一片短松林,我们从前老上那儿放风筝,蚕豆花开得紫多多的,斑鸠在叫。

照说,陆长庚是个更富故事性的人,他不像余五那么质实朴素。余五高高大大,方肩膀,方下巴,到处去,而陆长庚只能算是矮子里的高人，属于这一带所说"三料个子"一型，眉毛稍为有点倒，小小眼睛，不时眨动，眨动，嘴唇秀小微薄而柔软，透出机智灵巧，心窍极多，不过乍一看不大看得出来，不仅是他的装束，举止言词亦带着很重的农民气质，安分，卑怯，愿谨，虽然比一般农民要少一点惊惶，而绝望得似乎更深些。就是这点绝望掩盖而且涂改了他的轻盈便捷了。他不像余五那样有酒有饭，有保障有寄托，他受的折磨、伤害、压迫、饥饿都多，他脸小，可是纹路比余五杂驳，写出更多人性。他有太多没有说出来的俏皮笑话，太多没有浪费的风情，没有安慰没有吐气扬眉，没有——我看我说得太逗兴了，过了一点分！所以为此，只因为我有点气愤，气愤于他一定有太多故事没有让我知道。余五若是个为人所敬重的人，他应当是那一带茶坊酒座，瓜架豆棚的一个点缀，是一个为人所喜爱的角色，可是我父亲知道他那点事完全是偶然；他表演了那么一回，也是偶然！

母亲故世之后，父亲觉得很寂寞无聊。母亲葬在窑庄，窑庄我们有一块地，这块地一直没有收成，沙性很重，种稻种麦，都不适宜，那么一片地，每年只得两担荒草作租谷，父亲于是想辟成一个小小农场，试种棉花，种水果，种瓜。

把庄房收回来，略事装修，他平日即住在那边，逢年过节，有甚么事情才回来。他年轻时体格极强，耐得劳苦，凡事都躬亲执役，用的两个长工也很勤勉，农场成绩还不错。试种的水蜜桃虽然只开好看的花，结了桃子还不够送人的，棉花则颇有盈余，颜色丝头都好，可是因为好得超过标准，不合那一路厂家机子用，后来就不再种了。至今政府物产统计表上产棉项下还列有窑庄地方，其实老早已经一朵都没有了。不过父亲一直还怀念那个地方，怀念那一段日子，他那几年身体弄得很好，知道了许多事情，忘记了许多事情，从来没有那么快乐满足过。我由一个女用人带着，在舅舅家过，也有时到窑庄住几天，或是父亲带我去或是我自己来了，事前连通知都不通知他！

那天我去，父亲正在屋后园子里给一棵礬杏接枝。这不是接枝的时候，不过是没有事情作，接了玩玩。接枝实在是很好玩，两种不同的树木会连在一起生长，生长而又起变化，本来涩的会变甜了，本来纽子大的会有拳头大，多神奇不可思议的事！他不知接了多少，简直看见树他就想接！手续很简单，接完了用稻草一缠就可以了。不过虽是一根稻草，却束得妥贴坚牢，不会松散。削切枝条的，正是这把角柄小刀，用了这么些年了，还是刀刃若新发于硎。我来是请他回家过节，问他我们要不就在这里过节好不好。而一个长工来了：

"三爷，鸭都丢了！"

"怎样都丢了？"

这一带多河沟港汊，出细鱼细虾，是很适于养鸭地方。这块地上老佃户倪二，父亲原说留他，可是他对种棉花不感兴趣，而且怎么样也不肯相信从来没有结过棉花地方会出棉花，这块地向来只长荞麦，胡萝卜，菉豆，红毛草！他要退租，退租怎么维生，他要养鸭；鸭从来没有养过怎么行，他说从前帮过人，多少懂一点，没有本钱，没有本钱想跟三爷借，父亲觉得不能让他再种红毛草了，很对不起他，应当借给他钱。为了好玩，父亲也托他，买了一百只小鸭，贴他一点钱，由他代养。事发生手，他居然把一趟鸭养得不坏，父亲高兴，说：

"倪二，你不相信我种棉花，我也不相信你养鸭子，可是现在田里是甚么，一朵一朵白的，那是甚么？"

"是棉花。河里一只一只肥的，是 —— 鸭子！"

"事在人为。明年我们换换手，你还是接这块地种，现在你相信它能出棉花了。我明年也来养鸭！"

父亲是真有这样意思的，地土适于植棉，已经证实，父亲并没有打算一直在这里呆下去，总得有人接过。后来田还是交给倪二了。可是因为管理不善，结出来的朵子越来越伶仃了。鸭，父亲可没有自己去养，他是劝劝倪二也还是放弃水面，回到泥土，总觉得那不大适合他，与他的脾气个性，甚至血统都不相宜，这好像有一种命定安排似的，他离不开生长红毛草的这一片地，现在要来改行已经太晚了。人究竟不像树木，可以随便接枝。即树木，有些接枝也不能生长的。站在庄头场上，或早或晚，沉沉雾霭，淡淡金光中，可以看到倪二喳喳吃吃赶着一大阵鸭子经过荡口，父亲常常要摇头。

"还是不成，不'像'！他自己以为帮人喂过食，上过圈，一窝鸭子又养得肥壮，得意得了不得，仿佛是老行家了，可是样子总不大对。这些鸭子还没有很认得他，服他、依他，他跟鸭子不能那么完全是一家子似的。照理，都就要卖了，应当简直不用拘束，那根篙子轻易不大动了。我没有看见过赶鸭用这种神情赶鸭的！"

他把"神情"两个字说得很重，仿佛神情是个甚么可以拿在手里挥舞的东西似的。倪二老实一点，可是我父亲对他不能欣赏他是也可以感觉到的，倪二不服，他有他的话：

"三爷,您看!"

他的意思是就要八月中秋,马上就可以赶到市上变钱,今年鸡鸭上好市面,到那个时候倪二再说他当初为甚么要改业,看看倪二眼光如何,手段如何。父亲想气他一气,说:

"倪二,你知道你手里那根篙子有多重? 人说篙子是四两拨千斤,是不是只有四两?"

这就非教倪二红脸不可了,伤了他的心,他那根篙子搠得实在不顶游刃得体,不够到家。不过父亲没有说,怕太损了他的尊严。

养鸭是很苦的事。种田也是很苦的事,但那是另外一种苦。问养鸭人顶苦是甚么,很奇怪的,他们回答"是寂寞"。这简直不能相信了,似乎寂寞只是坐得太久谈得太多,抽烟喝茶度日的人才有的感情,"乡下人"! 会"寂寞"吗? 也许寂寞是人的基本感情之一,怕寂寞是与生俱来的,襁褓中的孩子如果不是确知父母在留心着自己,他不肯一个人睡在一间屋子里。也可能这是穴居野处时对于不可知的一切来袭的恐惧心理的遗传,人总要知觉到自己不是孤身的面对整个自然。种地不是一个人的事情,车水、薅草、播种、插秧、打场、施肥,有歌声,有锣鼓,有打骂调笑,相慰相劳,热热闹闹，呼吸着人的气息。而养鸭是一种游离，一种放逐，一种流浪。一清早，天才露白，撑一个浅扁小船，才容一人起坐，叫作"鸭撇子"，手里一根竹篙，竹篙头上系一个稻草把子或破芭蕉蒲扇，用以指挥鸭子转弯入阵，也用以划水撑船，就冷冷清清的离了庄子，到一片茫茫的水里去了。一去一天，直到天压黑，才回来。下雨天穿蓑衣，太阳大戴笠子，凉了多带件衣裳，整个被人遗忘在这片水里。"连个说话的人都没有"。这句话似极普通，可是你看看养鸭人的脸，听起来就有无比的悲愁。在那么空寥的地方，真是会引起一种原始的恐惧的，无助、无告、忍受着一种深入肌理，抽搐着腹肉，教人想呕吐的绝望，"简直要哭出来"！单那份厌气就无法排遣，只有拼命叭达旱烟。远远的可以听到一两声人声，可是眼前是这些扁毛畜生！牛羊，甚至猪，都与人切身相关，可以产生感情，要跟鸭子谈谈心实在是很困难。放鸭的如果不是特别有心性，会自己娱悦，能弄一点甚么东西在手上作作，心里想想的，很容易变成孤僻怪物之冷漠而褊窄。父亲觉得倪二旱烟瘾越来越大，行动虽还没看出甚么改变，可是有点甚么东西正在深重起来，无以名之，只有借用又是只通用于另一阶级的名词：犬儒主义。

可是鸭子肥得倪二欢喜,他看完了好利钱,这支持着他。

前两天倪二说,要把鸭子赶去卖了,已经谈好了,行用、卡钱、水脚,全算上,连底三倍利。就要赶,问父亲那一百只鸭怎么说,是不是一起卖。父亲关照他留三十只,送送人,也养几只下蛋,他要看自己家里鸭子下两个双黄玩玩。昨天晚上想起来,要多留二十只,今天叫长工去荡里跟倪二说一声。

"鸭都丢了!"

倪二说要去卖鸭,父亲问他要不要人帮一帮,怕他一个人对付不了。鸭子运起来,不像鸡装了笼子,仍是一只小船,船上准备人的粮食,简单行李,鸭圈一大卷,人在船,鸭在水,一路迤迤逶逶的走。鸭子路上要吃,还是鱼虾水虫,到了那头才不瘦膘减分量,精神好看。指挥拨反全靠那根篙子。有人可以在大江里赶十天半月,晚上找个沙洲歇一歇,这不是外行冒充得来的。

"不要!"

怕父亲还要说甚么,他偷偷准备准备,留下三十只,其余的一早赶过荡,过白莲湖,转到大湖里,到邻县城里去了。长工一到荡口,问人:

"倪二呢?"

"倪二在白莲湖里，你赶快去看看，叫三爷也去看看，——一趟鸭子全散了！"

白莲湖是一口小湖，离窑庄不远，出菱，出藕，藕肥白少渣滓，荷花倒是红的多。或散步，或乘船赶二五八集期，我们也常去的，湖边港汊甚多，密密的长着芦苇。新芦苇长得很高了。莲蓬已经采过，荷叶颜色发了黑，多半全破了，人过时常有翡翠鸟冲起掠过，翠绿的一闪，疾速如箭，切断人的思绪或低低的唱歌。

小船浮在岸边，竹篙横在船上，篙子头上的破蒲扇不知那里去了。倪二呢？坐在一个石辘轳上，手里团着他的瓦块帽子，额头上破了一块皮，在一个人家晒场上，为几个人围着，他好像老了十年。他疲倦了，一清早到现在，现在是下半天了，他一定还没有吃过饭，跟这些鸭子奋斗了半日。他的饭在船上一个布口袋里，一袋子老锅巴。他坐着不动，看不出他心里甚么滋味，不时头忽然抖一抖，好像受了震动。——他的脖子里的沟好深，一方格一方格的，颜色真红，烧焦了似的。那么坐着，脚恐怕要麻了，好傻相的脚！父亲叫他：

"倪二。"

"三爷！"

他像个孩子似的哭起来了。——怎么办呢？

"去找陆长庚，他有法子。"

"哎，除非陆长庚。"

"只有老陆，陆鸭。"

陆长庚在那里？

"多半在桥头茶馆。"

桥头有个茶馆，为的鲜货行客人，蛋行客人，陆陈粮行客人，区里，县里，党部里来的人谈话讲生意而设的，卖清茶，代卖烟纸，洋杂，针线，香烛，鸡蛋糕，麻酥饼，七厘散，紫金锭，菜种，草鞋，契纸，小绿颖毛笔，金不换黑墨，何通记纸牌。这一带闲散无事人常借茶馆聚赌玩钱。有时纸牌，最为文雅。有时麻雀，那付牌有一张红中丢了，配了牌九上一张杂七，这杂七于是成为桌上最关心的一张牌了。有时推牌九，下旁注的比坐下来拿牌的要多，在后头呼幺喝六，帮别人呐喊助威的更多。船从桥边过，远远的就看到一堆兴奋忘形的人头人手，走过了一段，还听得到"七七八八——不要九！""磨一点，再磨一点，天地遇牯牛，越大越封侯！"呼声。常在后头看斜头胡的，有人指点过，那就是陆长庚，这一带放鸭的第一手，诨号陆鸭，说他自己简直就是一只老鸭。——瘦瘦小小，神情总是在发愁的样子。他已经多年不养鸭了，见到鸭就怕了，运气不好，老是瘟。

"不要你多，十五块洋钱。"

十五块钱在从前很是一个数目了。许多人都因为这个数目而回了回头，看看倪二，看看陆长庚，桌面上顶大的注子是一吊钱三三四，天之九吃三道。

说了半天，讲定了，十块钱。看一家地杠通吃，红了一庄，方去。

"把鸭圈全拿好，倪二你会赶鸭子进圈的？我吙上来，你就赶，鸭子在水里好弄，上了岸七零八落的不好捉。"

这十块钱太赚得不费力了！拈起那根篙子，撑到湖心，人仆在船上，把篙子平着在水上扑一气，嘴里啧啧咕咕不知叫点甚么，嚇——都来了！鸭子四面八方，从芦苇缝里像来争甚么东西似的，拼命的拍着翅膀，挺着脖子，一起奔到他那只小船的四围来。本来平静寥阔湖面，一时骤然热闹起来，全是鸭子，不知为甚么，高兴极了，喜欢极了，放开喉咙大叫，不停的把头没在水里，翻来翻去。岸上人看到这情形，都忍不住大笑起来，连倪二都笑了，他笑得尤其舒服。差不多都齐了，篙子一抬，嘴子曼声唱着，鸭子马上又安静起来，文文雅雅，摆摆摇摇，向岸边游来，舒闲整齐有致。兵法用兵第一贵"和"，这个字用来形容那些鸭子真恰切极了。他唱的不知是甚么，仿佛鸭子都很爱听，听得很入神似的，真怪！

"一共多少只？"

"三千多。"

"三千多少？"

"三千零四十二。"

他拣一个高处，四面一望。

"你数数，大概不差了。——嗨！你这里头怎么来了一只老鸭！是那一家养的老鸭教你裹来了！"

倪二分辩，分辩也没有用，他一伸手捞住了。

"它屁股一撅，就知道。新鸭子拉稀屎，过了一年的，才硬。鸭肠子鸭头的那里有个小箍道，老鸭子就长老了。吃新鸭子，不喝酒，容易拉肚，就因为鸭肠子不老。裹了人家鸭自己还不知道，只知道多了一只！"

"我不要你多，只要两只。送不送由你。"

怎么小气，也没法不送他，他已经到鸭圈里提了两只，一手一只，拎了一拎。

"多重?"

他问人。

"你说多重?"

有人问他。

"六斤四,——这一只,多一两,六斤五。这一趟里顶壮的两只。"

不相信,那里一两也分得出,就凭手拎一拎?

"不相信,不相信拿秤来称。称得不对,两只鸭算你的;对了,今天晚上上你家里喝酒。"

称出来,一点都不错。

"拎都用不着拎,凭眼睛看,说得出这一趟鸭一个一个多重。"

不过先得大叫一声才看得出来。鸭身上有毛,毛蓬松着看不出来,得惊它一惊,一惊,鸭毛就紧了,贴在身上了,这就看得出那一个肥那一个瘦。

"晚上喝酒了,在茶馆里会。不让你费事,鸭先杀好。"

他刀也不用,一个指头往鸭子三岔骨处一捣,两只鸭挣扎都不挣扎就死了。

"杀的鸭子不好吃,鸭子要吃呛血的,肉才不老。"

甚么事他都是轻描淡写,毫不大惊小怪。说话自然露出得意，可是得意之中还是有一种对于自己的嘲讽，仿佛这是并不稀奇的事，而且正因为有这点本领，他才种种不如别人。他日子过得很不如意，种一点地，种的是豆子。"懒媳妇种豆，"豆子是顶不要花工夫气力的。从前放过鸭，可是本钱都蚀光了。鸭子瘟起来不得了，只要看见一个鸭摇一摇头，就完了。还不像鸡，鸡瘟起来比较慢，灌点胡椒香油，还可以有点救。鸭，一个摇头，个个摇头，马上，都不动了。比在三岔骨上捣一指头还快。常常一趟鸭子放到荡里，回来时只有自己一个人了。看着死，毫无办法。陆长庚吃的鸭可太多了，他发誓，从此决不再养。

"倪老二，十块钱不白要你的，我给你送到。今天晚了，你把鸭圈起来过一夜，明天一早我来。三爷，十块钱赶一趟鸭，不算顶贵噢？"

他知道这十块钱将由谁来出。

当然，第二天大早他来时仍是一个陆长庚，一夜七戳五在手，输得光光的。

"没有！还剩一块！"

这两个人都老了，时候过起来真快。两个老人怎么会到这里来了呢？现在在作甚么呢？父亲也不大清楚，我请父亲给我打听打听，可是一直还没有信来。——忽然想起来，那个分鸭子的年青小伙子一定是两老人之一的儿子，而且是另一老人的女婿。我得写封信去问问。也顺便问问父亲房东家养在院子里的那只大公鸡不知怎么了。——这只公鸡，他们说它有神经病，我看大概不是神经病。一窝小鸡买进来时本来是十只，次第都已死去，只剩下这个长命。不过很怪，常常它会曲起一只脚来乱蹦乱跳一气，就像发了疯似的。可能是抽筋，不过鸡会抽筋么？它左脚有点异样，脚趾全向里弯，有点内八字，最外一个而且好像短了一截，可能是小时教甚么重东西压的。是这影响他生理上有时不大平衡么？父亲说怕是受刺激太深，与它的同伴的死有关，那当然是开玩笑。——哎哟，一年了，该没有被杀掉风起来罢？这两天正是风鸡的时候。

注释

① 本篇原载《文艺春秋》1948年第六卷第三期。初收《邂逅集》，文化生活出版社，1949年4月，文字略有改动；又收《汪曾祺短篇小说选》，北京出版社，1982年2月，文字有较大改动。

挖耳朵

戴 车 匠[①]

"戴车匠"在我们不但是一个人，一间小店，还是一个地名。他住在东街与草巷相交地方。东街与草巷相交处大家称为草巷口。但对我们说起来这实在不够精确。虽然东街也还比不上别处的巷子大，但街与巷相交总就有四个"口"，左边右边，这边那边。大人们凡事都含胡，因为他们生活中只须这么含胡即可对付过去。我们可不成。比如：巷口街这边有个老太婆摆摊子，卖的是桃子，杏子，香瓜，柿饼，牙枣子，风荸荠，杨花萝卜，泥娃娃，啯啯鸡；对面也有一个老太婆，卖的是啯啯鸡，泥娃娃，（有好多种，）杨花萝卜，（我在别处虽亦见过这种水红色，粗长如指，杨花飞时挑出来卖，生嚼凉拌都脆爽细嫩无比的萝卜，可是没有吃过；我总觉不是我们故乡的那一种，仅仅略具形似而已，）风荸荠，牙枣子，桃子杏子，香瓜，还有柿饼子，完全一样！你说这怎么办？有时还好，可以随便；在她们生意都还不错，在有新货下市时候，她们彼此也都和颜悦色的时候，亲热得像对老姊妹的时候，那就无所谓，我们买谁的都觉得一样。这边那边，一样。有时，可就麻烦，又要处心积虑，又要临时见机，又要为自己利害打算，又要用自己几个钱和显明的倾向态度来打抱不平。而且我们之间意见常不一样。那就得辩论，甚至出恶言恶声，吵闹起来，要麻油拌芥菜，各有心中爱，各走各的路。完了，我们之间有一道鸿沟！要十分钟，或半点钟，或半天，甚至三两天，时间才填平了它，又志同道合，莫逆无间，不恨不轻视。这两个老太婆又有时这个显得比那个穷，有时那个显得比这个弱。有时这边得到姪儿一点支助，买了一堆骄傲的货色，盛气凌人，不可一世。有时那个的女儿给她作了件新毛蓝布褂子，她就觉得不屑与裤裆里都有补丁的人相较量。她们老是骂架，一骂一整天，老是那些话，骂骂，歇歇，又骂骂。作一笔买卖，数钱拣货；青菜汤送下一大碗干饭，这就有时间准备新的武器，聚了一堆她们自以为更泼剌淋漓的言语，投过去，抛回来，希望伤人要害。这对我们说起来，未免可厌，因为骂人都不好看。尤其她们相骂时，大都是坏天气，全世界都不舒服的时候。她们的生意都非常坏，摊子上尽是些陈旧干瘪的货品，又稀少可怜。她们的恨毒注在颓老之中，像下雨天城门口的泥泞。她们的肝火焚烧她们的太阳穴，她们的头发披下来，她们都无望无助，孤苦悽怆，哀哀欲绝。—— 为甚么没有人劝劝她们呢？你想想看，手放在口袋里，搓摩着温热的铜钱，我们何以为情？我们立着看了半天，渐渐已忘记了想买的东西；不想吃甚么，也不想玩甚么，为一种十分深沉黏著的痛楚所孕育，所教化。——有时，她们会扭住衣角和一点小小发髻打起来。一面低嘶诅咒一面打。她们都打不动了，然而她们用艰硬的瘦骨相冲撞，撕，咬，抓头发，拉破别人的衣服。一场心长力拙，松懈干枯的争斗。她们会有一天有一个打死的。不是死在人手上，自己站脚不稳，跟跄跄一交掼在石头角上碰破脑袋死去。……阿，不说这个吧。告诉你这些只是借此而告诉你虽是那么一街之隔可是距离多远。所以不能含胡。所以不能含胡的说是"草巷口"。草巷口一边是个旱烟店，另一边是戴车匠店。你看要是有个提小面人的来了，吹糖人的来了，耍木偶戏的来了，背负韦驮，化缘的游方僧人来了，走江湖挂水椀的来了，各种各样惊心动魄的人物事情在那里出现，我们飞奔着去看，你要是说"草巷口",那多急人。你一说"戴车匠家",就多省事明白。大家就一直去,不需东张西望。"戴车匠","戴车匠",这在我们不是三个字,是相连不可分,成为一体的符号。戴车匠是一点,集聚许多东西,是一个中心,一个底子。这是我们生活中的一格,一区,一个本土和一个异国,我们的岁月的一个见证。我们说"戴车匠家",不说"戴车匠家门前"。一则么说太噜嗦,再我们似把门外这一切活动,一切景物情感都收纳到他的那间小店里去,似乎是属于它,为它所有;为他,为戴车匠所有了;虽然戴车匠的铺子那么那么小,戴车匠是不沾蘸甚么的那么一个人。戴车匠是一颗珠子,从水里拿出来,不留一滴。——正因为他是那么一个人吧。

(说这些毫无意思!既已说了,说了算数。)

我记得戴车匠的板壁上贴的一付小红春联,每年都是那么两句,极普通常见的两句:

室雅何须大
花香不在多

虽是极普通常见,甚至教人觉得俗,俗得令人厌恶反感,可是贴在戴车匠家就有意义,合适,感人。虽然他那半间店面说不上雅不雅,而且除了过年插一枝山茶,端午菖蒲艾叶石榴花,八九月或者偶然一枝桂,一朵白荷以外,平常也极少插花。——插花的壶是总有一个的,老竹根,他自己车床上琢出来的,总供在一个极高的方几上。说是"供",不是随便说,确是觉得那有一种恭敬,一种神圣,一种寄托和一种安慰,即使旁边没有那个小小的瓦香炉,后面不贴一小幅神像。我想我不是自以为然,确是如此。我想,你若是喜爱那个竹根壶,想花钱向他买来,戴车匠准是笑笑,"不卖的。"戴车匠一生没有遇过几个这样坚老奇怪的根节,一生也不会再为自己车旋一个竹壶。它供在那里已经多少年,拿去了你不是叫他那个家整个变了个样子?他没有想得太多,可是卖这个壶是他从来没有想到过的。他只有那么一句话,笑笑,"不卖的"。别的回答他不知道,他不考虑。你若是真的去要,他也高兴。因为有人喜爱他喜爱得成了习惯的东西,你就酽新了他的感情。他也感激你,但他只能说:"我给你留意吧,要再遇到这样的竹子,会留意的。"他当真会留意的,他忘不了。有了,他就作好,放在高高的地方,等你去发现,来拿。——你自然会发现,因为你天天经过,经过了总要看一看。他那个店面是真小。小，而充实。

小，而充实。堆着，架着，钉着，挂着，各种各样的东西。留出来的每一空间都是必须的。从这些空间里比从那些物件上更看出安排的细心，温情，思想，习惯，习惯的修改与新习惯的养成，你看出一个人怎么样过日子。

当门是一具横放的榉木车床，又大又重，坚硬得无从想象可以用到甚么时候。它本身即代表了永远。那是永远也不会移动的，简直好像从地里长出来的，一个稳定而不表露的生命。这个车床没有问题比戴车匠岁数还要大，必是他父亲兼业师所传留下来的。超过需要的厚实是前代人制作法式。（我们看从前的许多东西老觉得一个可以改成两个三个用。）这个车床的形貌有些地方看起来不大讲究。有的因材就用，不拘小节，歪着扭着一点就听它歪着扭着一点，不削斫太多以求其平直，然而这无妨于它大体的俨然方正。用了这许多年了，许多不光致斧凿痕迹还摸得出来，可是接榫卡缝处吻投得真紧，真确切，仿佛天生的一个架子，不是一块块拼拢来的。多少年了，不摇，不晃，不走一点样！这个车床占了几乎二分之一的店堂，显然这是最重要的东西，其余一切全附属于它，且大半是从这个车床上作出来的。大车床里头是一个小车床。戴车匠作一点小巧东西则在小车床上。那就轻便得多,秀气得多,颜色也浅,常擦摩处呈牙黄色,光泽异常,木理依约可见,这是后来戴车匠自己手制的。再往里去,一伸手是那张供香炉竹壶高几。车床后面有仅容一人的走道。挨着靠墙而放的一条桌向里去,是内室了。想来是一床,一灯案,低梁小窗,紧凑而不过分杂乱。当有一小侧门,通出去是个狭长小天井。看见一点云,一点星光,下雨天雨水流在浅浅的阴沟里。天井中置水缸二口,一吃一用;煮饭烧茶风炉两只。墙阴凤仙花自开自落,砖缝里几丝草,在轻风中摇曳,贴地爬着几片马齿苋,有灰蓝色螟蛾飞息。凡此虽非目睹,但你见过许多这样格局的房子,原是极契熟的。其实即从外面情形,亦不难想象得知。——他吃饭用的碗筷放在那里呢?条桌上首墙上,他挖开了一块,四边钉板,安小门两扇,这就成了个柜子。分成几榀,不但碗筷,他自己的茶叶罐子烟荷包,重要小工具,祖传手绘的图样,订货的底子,跟他儿子的纸笔,女人的梳头家私,全都有了妥停放处。屈半膝在骨牌凳上,可以方便取得。我小时颇希望能有个房间有那样一个柜子,觉得非常有趣。他的白蜡杆子,黄杨段子,桑木枣木梨木材料则搁在高几上一个特制架上,堆得不十分整齐，然而有一种秩序，超乎整齐以上的秩序。（车匠所需木料不多，）架子的支脚翘出如壶嘴，就正好挂一个蝈蝈笼子！

戴车匠年纪还不顶大，如果他有时也想想老，想得还很昧暧，不管惨切安和，总离着他还远，不迫切。他不是那种一步即跌入老境的人，他只是缓缓的，从容的与他的时光厮守。是的，他已经过了人生的峰顶。有那么一点的，颤慄着，心沉着，急促的呼吸着，张张望望，徬徨不安，不知觉中就越过了那一点。这一点并不突出，闪耀，戴车匠也许纪念着，也许忽略了。这就是所谓中年。

吃过了早饭，看儿子夹了青布书包，（知道他的生书已经在油灯下读熟，为他欢喜，）拿了零用钱，跳下台阶，转身走了，戴车匠还在条桌边坐了一会。天气真好。街上扫过不久，还极干净。店铺开了门的不少，也还有没有开的。这就都要一家一家的全打开的。也许有一家从此就开不了那几块排门了，不过这样的事究竟不多。巷口卖烧饼油条的摊子热闹过一阵，又开始第二阵热闹了。烧饼槌子敲得极有精神，（槌子是从戴车匠家买去的，）油条锅里涌着金色泡沫。风吹着丁家绵线店的大布招卷来卷去。在公安局当书办的徐先生埋着头走来，匆忙的向准备好点头的戴车匠点一个头，过去了。一个党部工友提一桶浆子在对面墙上贴标语。戴车匠笑，因为有一张贴倒了。正看到知道一定有的那一张，"中华民国万岁"，他那把短嘴南瓜形老紫砂壶已经送了出来，茶泡好了，这他就要开始工作了。把茶壶带过去，放在大小车床之间的一个小几上，小几连在车床上。坐到与车床连在一起的高凳上，戴车匠也就与车床连在一起，是一体了。人走到他的工作之中去，是可感动的。先试试，踹两下踏板，看牛皮带活不活；迎亮看一看旋刀，装上去，敲两下；拿起一块材料，估量一下，眼睛细一细，这就起手。旋刀割削着木料，发出轻快柔驯的细细声音，狭狭长长，轻轻薄薄的木花吐出来。……

木花吐出来，车床的铁轴无声而精亮，滑滑润润转动，牛皮带往来牵动，戴车匠的两脚一上一下。木花吐出来，旋刀服从他的意志，受他多年经验的指导，旋成圆球，旋成瓶颈状，旋苗条的腰身，旋出一笔难以描画的弧线，一个悬胆，一个羊角弯，一个螺纹，一个杵脚，一个瓢状的，铲状的空槽，一个银锭元宝形，一个云头如意形。……狭狭长长轻轻薄薄木花吐出来，如兰叶，如书带草，如新韭，如番瓜瓤，戴车匠的背勾偻着，左眉低一点，右眉挑一点，嘴唇微微翕合，好像总在轻声吹着口哨。木花吐出来，挂一点在车床架子上，大部分从那个方洞里落下去，落在地板上，落在戴车匠的脚上。木花吐出来，宛转的，绵缠的，谐协的，安定的，不慌不忙的吐出来，随着旋刀悦耳的吟唱。……

戴车匠上下午各连续工作两个时辰。其中稍稍中断几次，走下来拿点材料，翻翻图样，比较比较两批所作货色是否划一，给车轴加点油。作好了一个货色，握在手里，四方八面端详端详，再修一两刀，看看已经合乎理想，中规应矩了，就放在车床前一块狭狭板上，一个一个排起来。虽然他不赶急，但也十分盼待着把这块板上排得满满的吧。他笑他儿子写字总望一口气写满一张纸，他自己也未始不愿人知道他是个快手。这样的年纪也还有好胜心的。似乎他每天派给自己多少工作，把那点工作作好，即为满意。能分外多作几件就很按捺不住得意了。这点得意只有告诉他女人听，甚至想得到两句夸奖，一点慰劳，哈！他自然可以有时间抽一袋烟，喝两口茶，伸个懒腰；高兴，不怕难为情，也尽管哼两句朱买臣桃花宫老戏，他允许自己看半天洋老鼠踩车推磨，——他的洋老鼠越来越多，它们的住家也特别干净，曲折;逗逗檐前黄雀,用各种亲密陶侃言语。黄雀就竭其所能的唱起来,蓬松了脖子上的毛,耸耸肩,剔剔足,恣酣而矜庄的啭弄了半天,然后用珊瑚小嘴去啄一口食,饮一点水。戴车匠,可又认为它跟叫天子学了坏样,唱不成腔,——初学养鸟人注意:凡百鸟雀不可与叫天子结邻并挂,叫天子是个嗓子冲而无修养训练的野狐禅唱歌家,油腔滑调,乱用表情! 在合唱时尤其只听到它的荒怪的逗喉极叫。——一面戴车匠又俯到他的工作上去,有的时候,忽然,他停下来,那就是想到了一点甚么事。或是记一记王老五请的一会甚么时候该他自己首会了;或是儿子塾师过生,该备一点礼物送去,今年是整五十;或是刘长福托他斡旋一件甚么事,那一头今天该给回话;或是澡堂里听来一个治风湿痛秘方,他麻二叔正用得着,可是六味药中有一味比较生疏,得去问问;或是,哦,老张呀,死了半年多,昨天夜里怎么梦见他了,还好好的,还是那样子,还说了几句话,话可一句也记不得了;老张儿子在湖西屠宰税上跑差,该没有甚么吧? 这就教他大概筹计筹计下午该往那里走走,碰些甚么人,作点甚么事,怎么,说那些话。他的手就扶上了左额,眼睛眯矇,不时眨一眨。甚至有时等不及吃饭时再说,就大声唤女人出来商量。

有时，甚至立刻进去换了件衣服，拿了扇子就出去了，临走时关照下来，等不等他吃饭；有谁来让候一候还是明天再来；船上人来把挂在门柱上那一串东西交给他拿去，钱或现交或下次转来再带来都可以。……他走了，与他的店，他的车床小别。

平常日子，下午，戴车匠常常要出去跑跑，车匠店就空在那儿。但是看上去一点都不虚乏，不散漫，不寂寞，不无主。仍旧是小，而充实。若是时间稍久，一切，店堂，车床，黄雀，洋老鼠，蝈蝈，伸进来的一片阳光，阳光中浮尘飞舞，物件，空间；隔壁侯银匠的槌子声音与戴车匠车床声音是不解因缘，现在银匠槌子敲在砧子上像绳索少了一股；门外的行人，和屋后补着一件衣服的他的女人，都在等待，等待他回来，等待把缺了一点甚么似的变为完满。——戴车匠店的店身特别高，为了他的工作，（第一木料就怕潮）又垫了极厚的地板，微仰着头看上去有一种特别感觉。也许因为高，有点像个小戏台，所以有那种感觉吧。——自然不完全是。

戴车匠所作东西我们好多叫不出名字，不知道干甚么用的。比如二尺长的大滑车，戴车匠告诉我是湖里粮船上用的，因为没有亲身验证，所以都无真切印象。——也许后来，我稍长大，有机会在江湖漂泛，看见过的，但因为悬结得那么高,又在那么大的帆前面,那么大的船,那么大的水,汪洋浩瀚之中,这么一个滑车看上去也算不得甚么了吧。人也大了,不复充满好奇,凡百事多失去惊愕兴趣了。——不过在大帆船上看那些复杂绳索在许多滑车之中溜动牵引,上上下下,想到它们在航行时所起作用,仍是极迷人的。我真希望向戴车匠询问各种滑车号数,好到船上混充内行!滑车真多,一串一串挂在梁上。也许戴车匠自己也没有看人怎么样用它吧?不过不要紧,有烧饼槌子,搓烧麦皮子小棒,擀面杖,之字形活动衣架,蝇拂上甘露子形状柄子,……他随处可以看见自己手里作出来的东西在人手里用。老太太们都有个捻线桩,早晚不离手的在巷口廊前搓,一面与人谈桑麻油米,儿女婚嫁。木椀木杓是小儿恩物,轻便,发脾气摔在地下不致挨打挨骂,敲着橐橐的响又可以想它是个甚么他就是个甚么,木鱼,更柝,取鱼梆子,还有你想也想不出的甚么声音的代表。——不过自从我有一次听说从前大牢里的囚犯是以木椀吃饭的,则不免对这个东西有了一种悲惨印象。自然这与戴车匠没有甚么关系,不该由他负责。看见有人卖放风筝绕线用的小车子,我们眼中盈盈的是羡慕的光。我们放的是酒坛,三尾,瓦片,不知甚么时候才能使用这么豪侈的器械。阿，我们是忘不了戴车匠的。秋天，他给我们作陀螺，作空钟。夏天，作水枪。春天，竹蜻蜓。过年糊兔儿灯，我们去买轱辘，戴车匠看着一个一个兔儿灯从街上牵过去，在结了一点冰的街上，在此起彼歇锣鼓声中，爆竹硝黄气味，影影沉沉纸灯柔光中。但我最喜欢的还是爬上高台阶向他买"螺蛳弓"。别处不知有无这样的风俗，清明，抹柳球，种荷秧，还吃螺蛳。家家悉煮五香螺蛳一锅，街上也有卖的。一人一碗，坐在门槛上一个一个掏出去吃。吃倒没有甚么，（自然也极鲜美）主要还是把螺蛳壳用螺蛳弓一个一个打出去。——这说起不易清楚，明年春天我给你作一个吧。戴车匠作螺蛳弓卖。我们看着他作，自己挑竹子，选麻线，交他一步一步作好，戴车匠自己在小几上蓝花大碗中拈一个螺蛳吃了，螺壳套在"箭"上，很用力的样子（其实毫不用力）拉开，射出去，半天，听得得的落在瓦沟里，（瓦匠扫屋，每年都要扫下好些螺壳来，）然后交给我们。——他自己儿子那一把弓特别大，有劲，射得远。戴车匠看着他儿子跟别人比射，细了眼睛，半响，又没有甚么意义的摇摇头。

为甚么要摇摇头呢？也许他想到儿子一天天大起来了么？也许。我离开故乡日久，戴车匠如果还在，也颇老了。

我不知因何而觉得他儿子不会再继续父亲这一行业。车匠的手艺从此也许竟成了绝学，因为世界上好像已经无须那许多东西，有别种东西替代了。我相信你们之中有很多人根本就无从知道车匠店到底是怎么回事，你们没有见过。或者戴车匠是最后的车匠了。那么他的儿子干甚么呢？也许可以到铁工厂里当一名练习生吧。他是不是像他父亲呢，就不知道了。——很抱歉，我跟你说了这么些平淡而不免沉闷的琐屑事情，又无起伏波澜，又无镕裁结构，迻迻迤迤，没一个完。真是对不起得很。真没有法子，我们那里就是这样的，一个平淡沉闷，无结构起伏的城，沉默的城；城里充满像戴车匠这样的人；如果那也算是活动，也不过就是这样的活动。——唔，不尽然，当然，下回我们可以说一点别的。我想想看。

卅六年七月廿四日

注释

① 本篇原载《文学杂志》1947年第二卷第五期。初收《邂逅集》，文化生活出版社，1949年4月，文字略有改动。1985年作者以同题重写这篇小说，参见《故人往事·戴车匠》。

侯 银 匠①

> 白果子树，开白花，
> 南面来了小亲家。
> 亲家亲家你请坐，
> 你家女儿不成个货。
> 叫你家女儿开开门，
> 指着大门骂门神。
> 叫你家女儿扫扫地，
> 拿着笤帚舞把戏。
> ……………

　　侯银匠店是个不大点的小银匠店。从上到下，老板、工匠、伙计，就他一个人。他用一把灯草浸在油盏里，用一个弯头的吹管把银子烧软，然后用一个小锤子在一个钢模子或一个小铁砧上丁丁笃笃敲打一气，就敲出各种银首饰。麻花银镯、小孩子虎头帽上钉的银罗汉、系围裙的银链子、发蓝簪子、点翠簪子……侯银匠一天就这样丁丁笃笃地敲，戴着一副老花镜。

侯银匠店特别处是附带出租花轿。有人要租，三天前订好，到时候就由轿夫抬走。等新娘拜了堂，再把空轿抬回来。这顶花轿平常就停在屏门前的廊檐上，一进侯银匠家的门槛就看得见。银匠店出租花轿，不知是一个什么道理。

侯银匠中年丧妻，身边只有一个女儿。他这个女儿很能干。在别的同年的女孩子还只知道梳妆打扮，抓子儿、踢毽子的时候，她已经把家务全撑了起来。开门扫地、掸土抹桌、烧茶煮饭、浆洗缝补，事事都做得很精到。她小名叫菊子，上学之后学名叫侯菊。街坊四邻都很羡慕侯银匠有这么个好女儿。有的女孩子躲懒贪玩，妈妈就会骂一句："你看人家侯菊！"

一家有女百家求，头几年就不断有媒人来给侯菊提亲。侯银匠总是说："孩子还小，孩子还小！"千挑选万挑选，侯银匠看定了一家。这家姓陆，是开粮行的。弟兄三个，老大老二都已经娶了亲,说的是老三。侯银匠问菊子的意见,菊子说:"爹作主!"侯银匠拿出一张小照片让菊子看,菊子噗嗤一声笑了。"笑什么?"——"这个人我认得!他是我们学校的老师,教过我英文。"从菊子的神态上,银匠知道女儿对这个女婿是中意的。

侯菊十六那年下了小定。陆家不断派媒人来催侯银匠早点把事办了。三天一催,五天一催。陆家老三倒不着急,着急的是老人。陆家的大儿媳妇、二儿媳妇进门后都没有生养,陆老头子想三媳妇早进陆家门,他好早一点抱孙子。三天一催,五天一催,侯菊有点不耐烦,说:"总得给人家一点时间准备准备。"

侯银匠拿出一堆银首饰叫菊子自己挑。菊子连正眼都不看,说:"我都不要!你那些银首饰都过了时。现在只有乡下人才戴银镯子。发蓝簪子、点翠簪子,我往哪儿戴,我又不梳髻!你那些银五事现在人都不知道是干什么用的!"侯银匠明白了,女儿是想要金的。他搜罗了一点金子给女儿打了一对秋叶形的耳坠、一条金链子、一个五钱重的戒指。侯菊说:"不是我稀罕金东西。大嫂子、二嫂子家里都是有钱的,金首饰戴不完。我嫁过去,有个人来客往的,戴两件金的,也显得不过于寒碜。"侯银匠知道这也是给当爹做脸,于是加工细做,心里有点甜,又有点苦。

爹问菊子还要什么,菊子指指廊檐下的花轿,说:"我要这顶花轿。"

"要这顶花轿?这是顶旧花轿,你要它干什么?"

"我看了看,骨架都还是好的。这是紫檀木的。我会把它变成一顶新的!"

侯菊动手改装花轿,买了大红缎子、各色丝绒,飞针走线,一天忙到晚。轿顶绣了丹凤朝阳,轿顶下一周圈鹅黄丝线流苏走水。"走水"这词儿想得真是美妙,轿子一抬起来,流苏随轿夫脚步轻轻地摆动起伏,真像是水在走。四边的帏子上绣的是八仙庆寿。最出色的是轿帘前的一对飘带,是"纳锦"的。"纳"的是两条金龙,金龙的眼珠是用桂圆核剪破了钉上去的(得好些桂圆才能挑得出四只眼睛),看起来乌黑闪亮。她又请爹打了两串小银铃,作为飘带的坠脚。轿子一动,银铃碎响。轿子完工,很多人都来看,连声称赞:菊子姑娘的手真巧,也想得好!

转过年来,春暖花开,侯菊就坐了这顶手制的花轿出门。临上轿时,菊子说了声:"爹!您多保重!"鞭炮一响,老银匠的眼泪就下来了。

花轿没有再抬回来,侯菊把轿子留下了。这顶簇崭新的花轿就停在陆家的廊檐下。

侯菊有侯菊的打算。

大嫂、二嫂家里都有钱。大嫂子娘家有田有地,她的嫁妆是全堂红木,压箱底一张田契,这是她的陪嫁。二嫂子娘家是开糖坊的。侯菊有什么呢?她有这顶花轿。她把花轿出租。全城还有别家出租花轿,但都不如侯菊的花轿鲜亮,接亲的人家都愿意租侯菊的花轿。这样她每月都有进项。她把钱放在迎桌抽屉里。这是她的私房钱,她想怎么花就怎么花。她对新婚的丈夫说:"以后你要买书,订杂志,要用钱,就从这抽屉里拿。"

陆家一天三顿饭都归侯菊管起来。大嫂子、二嫂子好吃懒做,饭摆上桌,拿碗盛了就吃,连洗菜剥葱、涮锅、刷碗都不管。陆家人多,众口难调。老大爱吃硬饭,老二爱吃软饭,公公婆婆爱吃烂饭。各人吃菜爱咸爱淡也都不同。侯菊竟能在一口锅里煮出三样饭,一个盘子里炒出不同味道的菜。

公公婆婆都喜欢三儿媳妇。婆婆把米柜的钥匙交给了她,公公连粮行账簿都交给了她;她实际上成了陆家的当家媳妇。她才十七岁。

侯银匠有时以为女儿还在身边。他的灯碗里油快干了,就大声喊:"菊子!给我拿点油来!"及至无人应声,才一个人笑了:"老了!糊涂了!"

女儿有时提了两瓶酒回来看看他,椅子还没有坐热就匆匆忙忙走了。侯银匠想让女儿回来住几天,他知道这办不到,陆家一天也离不开她。

侯银匠常常觉得对不起女儿,让她过早地懂事,过早地当家。她好比一树桃子,还没有开足了花,就结了果子。

女儿走了,侯银匠觉得他这个小银匠店大了许多,空了许多。他觉得有些孤独,有些凄凉。

侯银匠不会打牌,也不会下棋。他能喝一点酒,也不多。而且喝的是慢酒。两块从连万顺买来的茶干,二两酒,就够他消磨一晚上。侯银匠忽然想起两句唐诗,那是他錾在"一封书"样式的银簪子上的(他记得的唐诗本不多)。想起这两句诗,有点文不对题:

姑苏城外寒山寺,

夜半钟声到客船。

注释

①　本篇原载报刊未详。初收《矮纸集》,长江文艺出版社,1996年3月。

祁 茂 顺[①]

祁茂顺在午门历史博物馆蹬三轮车。

他原先不是蹬车的，他有手艺：糊烧活，裱糊顶棚。

单件的烧活，接三轿马，一个人鼓捣一天，就能完活。祁茂顺在家里糊烧活。他家的门敞着，为的是做活有地方，也才豁亮。他在糊烧活的时候，总有一堆孩子围着看。糊得了，就在门外放着：一匹高头大白马——跟真马一样大，金鞍玉辔紫丝缰；拉着一辆花轱辘轿子车，蓝车帷，紫红软帘，软帘贴着金纸的团寿字。不但是孩子，就是路过的大人也要停步看看，而且连声赞叹："地道！祁茂顺心细手巧！"

如果是成堂的大活：三进大厅、亭台楼阁、花园假山……一个人忙不过来，就得约两三个同行一块干。订烧活的规矩，事前不付定钱，由承活的先凑出一份钱垫着，好买色纸、秫秸、金粉、银粉、鳔胶、浆糊。交活的时候再收钱,早先订烧活,都是老式的房屋家具,后来有要糊洋房的,要糊小汽车、摩托车、收音机、电风扇的……人家要什么,他们都能糊出来。后来订烧活的越来越少了,都兴火葬了,谁家还会弄了一堂"车船轿马"拉到八宝山去?

祁茂顺的主要的活就剩下裱糊顶棚了。后来糊顶棚的活也少了。北京的平房讲究"灰顶花砖地"。纸糊的顶棚很少见了——容易坏,而且招蟑螂,招耗子。钢筋水泥的楼房更没有谁家糊个纸顶棚的。

祁茂顺只好改行。

午门历史博物馆原来编制很小,没有几个职员,不知道为什么,却给馆长配备了一辆三轮车,用以代步。经人介绍,祁茂顺到历史博物馆来蹬三轮车。馆长姓韩。祁茂顺每天一早蹬车接韩馆长上班,中午送他回家吃饭,下午再接他到馆里,下班送他回家。韩馆长是个方正守法的人,除了上下班,到什么地方开会,平常不为私人的事用车,因此祁茂顺的工作很轻松。

祁茂顺很爱护这辆三轮车,总是擦洗得干干净净的。晚上把车蹬回家,锁上,不许院里的孩子蹬着玩。

不过街坊邻居有事求他,他总是有求必应的。

隔壁陈大妈来找祁茂顺。

"茂顺大哥,你大兄弟病了,高烧不退,想麻烦您送他上一趟医院,不知您的车这会儿得空不得空?"

"没事!交给我了!"

祁茂顺把病人送到医院。挂号、陪病人打针、领药,他全都包了。

祁茂顺人缘很好。

离祁茂顺家不远,住着一家姓金的。他是旗人皇室宗亲,是"世袭罔替"的贝勒,行四。旗人见面时还称他为"四贝勒",街坊则称之为金四爷。辛亥革命以后,旗人再也不能吃皇粮了。旗人不治产业,不会种地,不会经商,不会手艺,坐吃山空,日渐穷困。"四贝勒"怎么生活呢?幸好他的古文底子很好,又学过中医,协和医学院典籍教研室知道他,特约他校点中医典籍,这样他就有了稳定的收入,吃麻酱面没有问题。他过过豪华的日子,再也不能摆贝勒的谱,有麻酱面也就知足 —— 不过他吃一碟水疙瘩咸菜还得切得像头发丝那么细。

他中年丧偶,无儿无女,只有一个侄女帮他做做饭,洗洗衣裳。

贝勒府原是很大的四合院，后来大部分都卖给同仁堂乐家当了堆放药材的楼房，他只保留了三间北房。

三间北房，两个人，也够住的了。

金四爷还保留一些贝勒的习惯。他不爱"灰顶花砖地"，爱脚踩方砖，头上是纸顶棚，"四白落地"。

上个月下雨，顶棚漏湿了，垮下了一大片。金四爷找到了祁茂顺，说：

"茂顺，你给我把顶棚裱糊一下。"

祁茂顺说："行！星期天。"

祁茂顺星期天一早就来了，带了他的全套工具：棕刷子，棕笤帚，一盆稀稀的浆子，一大沓大白纸。这大白纸是纸铺里切好的，四方的，每一张都一样大小，不是要用时现裁。

金四爷看着祁茂顺做活。

只见他用棕刷子在大白纸蹭蹭两刷子，轻轻拈起来，用棕笤帚托着，腕子一使劲，大白纸就"吊"上了顶棚。棕笤帚抹两下，大白纸就在顶棚上呆住了。一张一张大白纸压着韭菜叶宽的边，平平展展、方方正正、整整齐齐。拐弯抹角用的纸也都用眼睛量好了的，不宽不窄，正合适，棕笤帚一抹，连一点折子都没有。而且，用的大白纸正好够数，不多一张。也不少一张。连浆都正好使完，没有一点糟践。金四爷看着祁茂顺的"表演"，看得傻了，说："茂顺，你这两下子真不简单！眼睛、手里怎么能有那么准？"

"也就是个熟。"

"没有个三年五载，到不了这功夫！"

"那倒是。"

金贝勒给祁茂顺倒了一杯沏了两开的热茶。祁茂顺尝了一口："好茶！还是叶和元的双窨香片？"

"喝惯了。"

祁茂顺告辞。

"茂顺，别走，咱们到大酒缸喝两个去（大酒缸用的都是豆绿酒碗，一碗二两，叫做'一个'）。"

"大酒缸？现在上哪儿找大酒缸去？"

"八面槽不就有一家吗？他们的酥鱼做得好。"

"金四爷，您这可真是老皇历了！八面槽大酒缸早都没了。现在那儿改了门脸儿，卖手表照相机。酥鱼？可着北京，现在大概都找不出一碟酥鱼！"

"大酒缸没有了？"

"没有啰!"

金贝勒喝着茶,连说了几句:

"大酒缸没有了。大酒缸没有了。"

很难说得清他的话是什么意思。

注释

① 本篇原载1994年12月29日《钱江晚报》。初收《汪曾祺全集》第二卷,北京师范大学出版社,1998年8月。

小工

少年棺材匠[①]

徐守廉家是开棺材店的。是北门外唯一的棺材店。

走过棺材店，总有一种很特殊的感觉。别的店铺都与"生"有关，所卖的东西是日用所需，棺材店却是和"死"联系在一起的。多数店铺在店堂里都设有椅凳茶几，熟人走过，可以进去歇歇脚，喝一杯茶，闲谈一阵，没有人会到棺材店去串门。别的店铺里很热闹。酱园从早到晚，买油的、买酱的、打酒的、买萝卜干酱莴苣的，川流不息。布店从早上九点钟到下午五六点钟，总有人靠着柜台挑布（没有人大清早去买布的；灯下买布，看不正颜色了）。米店中饭前、晚饭前有两次高潮。药店的"先生"照方抓药，顾客坐在椅子上等，因为中药有很多味，一味一味地用戥子戥，包，要费一点时间。绒线店里买丝线的、绦子的、二号针的、品青煮蓝的……络绎不绝。棺材店没法子热闹。北门外一天死不了一个人。一天死几个,更是少有。就是那年闹霍乱,死的人也不太多。棺材店过年是不贴春联的。如果贴,写什么字呢?"生意兴隆通四海,财源茂盛达三江"?

我和徐守廉很要好。他很聪明,功课很好,我常到他家的棺材店去玩。

棺材店没有柜台,当然更没有货橱货架,只有一张帐桌,徐守廉的父亲坐在桌后的椅子里,用一副骨牌"打通关"。棺材店是不需要多少"先生"的,顾客很少,货品单一。有来看材的(这些"材"就靠西墙一具一具的摞着),徐守廉的父亲就放下骨牌接待。棺材是没有什么可挑选的,样子都是一样。价钱也是固定的。上等的、中等的、下等的薄皮材,自几十元、十几元至几块钱不等。也没有人去买棺材讨价还价。看定一种,交了钱,雇人抬了就走。买棺材不兴赊帐,所以帐目也就简单。

我去"玩",是去看棺材匠做棺材。棺材也要做得像个棺材的样子,不能做成一个长方的盒子。棺材板很厚。两边的板要一头大,一头小,要略略有点弧度,两边有相抱的意思;棺材盖尤其重要,棺材盖正面要略略隆起,棺材盖的里面要是一个"膛",稍拱起。做棺材的工具是一个长把,弯头,阔刃的家伙,叫做"锛"。棺材的各部分,是靠"锛"锛出来的(棺材板平放在地下)。老师傅锛起来非常准确。嚓!——嚓,嚓,嚓——锛到底,削掉不必要的部分,略修几下,这块板就完全合尺寸。锛时是不弹墨线的,全凭眼力,凭手底下的功夫。一般木匠是不会做棺材的,这是另一门手艺。

棺材店里随时都喷发出新锛的杉木的香气。

徐守廉小学毕业没有升学,就在他家的棺材店里学做棺材的手艺。

我读完初中,徐守廉也差不多出师了。

我考上了高中,路过徐家棺材店,徐守廉正在熟练地锛板子。我叫他:

"徐守廉!"

"汪曾祺!来!"

我心里想:"你为么要当棺材匠呢?"话到嘴边,没有说出来。我觉得当棺材匠不好。为什么不好呢?我也说不出来。

注释

① 本篇选自《小学同学》,原载《北京文学》1989年第一期,又载《联合文学》第五卷第三期,1989年出版。初收《汪曾祺全集》第二卷,北京师范大学出版社,1998年8月。

蒌蒿薹子①

小说《大淖记事》:"春初水暖,沙洲上冒出很多紫红色的芦芽和灰绿色的蒌蒿,很快就是一片翠绿了。"我在书页下方加了一条注:"蒌蒿是生于水边的野草,粗如笔管,有节,生狭长的小叶,初生二寸来高,叫做'蒌蒿薹子',加肉炒食极清香。……"蒌蒿的蒌字,我小时不知怎么写,后来偶然看了一本什么书,才知道的。这个字音"吕"。我小学有一个同班同学,姓吕,我们就给他起了一个外号,叫"蒌蒿薹子"(蒌蒿薹子家开了一爿糖坊,小学毕业后未升学,我们看见他坐在糖坊里当小老板,觉得很滑稽)。

——《故乡的食物》

真对不起，我把我的这位同学的名字忘了，现在只能称他为蒌蒿薹子。我们小时候给人取外号，常常没有什么意义，"蒌蒿薹子"，只是因为他姓吕，和他的形貌没有关系。"糖坊"是制麦芽糖的。有一口很大的锅，直径差不多有一丈。隔几天就煮一锅大麦芽，整条街上都闻到熬麦芽的气味。麦芽怎么变成了糖，这过程我始终没弄清楚，只知道要费很长时间。制出来的糖就是北京叫做关东糖的那种糖。有的做成直径尺半许的一个圆饼，肩挑的小贩趸去。或用钱买，或用鸭毛破布来换，都可以。用一个刨刃形的铁片楔入糖边，用小铁锤一敲，丁的一声就敲下一块。云南叫这种糖叫"丁丁糖"。蒌蒿薹子家不卖这种糖，门市只卖做成小烧饼状的糖饼。有时还卖把麦芽糖拉出小孔，切成二寸长的一段一段，孔里灌了豆面，外面滚了芝麻的"灌香糖"。吃糖饼的人很少，这东西很硬，咬一口，不小心能把门牙齿扳下来。灌香糖买的人也不多。因此照料门市，只要一个人就够了。原来看店堂的是他的父亲，蒌蒿薹子小学毕了业，就由他接替了。每年只有进腊月二十边上，糖坊才红火热闹几天。家家都要买糖饼祭灶，叫做"灶糖"，不少人家一买买一摞，由大至小，摞成宝塔。全城只有这一家糖坊，买灶饼糖的人挤不动。四乡八镇还有来批趸的。糖坊一年,就靠这几天的生意赚钱。这几天,萎蒿薹子显得很忙碌,很兴奋。他的已经"退居二线"的父亲也一起出动。过了这几天,糖坊又归于清淡。萎蒿薹子可以在店堂里"坐"着,或抄了两手在大糖锅前踱来踱去。

萎蒿薹子是我们的同学里最没有野心,最没有幻想,最安分知足的。虚岁二十,就结了婚。隔一年,得了一个儿子。而且,那么早就发胖了。

注释

① 本篇选自《小学同学》。

王 居[①]

我所以记得王居,一是我觉得王居这个名字很好玩,——有什么好玩呢?说不出个道理;二是,他有个毛病,上体育的时候,齐步走,一顺边,——左手左脚一齐出,右手右脚一齐出。

王居家是开豆腐店的,豆腐店是不大的买卖。北门外共有三家豆腐店。一家马家豆腐店,一家顾家豆腐店,都穷,房屋残破,用具发黑。顾家豆腐店因为顾老头有一个很风流的女儿而为人所知(关于她,是可以写一篇小说的)。只有王居家的"王记豆腐店"却显得气象兴旺。磨浆的磨子、卖浆的锅、吊浆的布兜,都干干净净。盛豆腐的木格刷洗得露出木丝。什么东西都好像是新置的。王居的父亲精精神神,母亲也是随时都是光梳头,净洗脸,衣履整齐。王家做出来的豆腐比别家的白、细，百叶薄如高丽纸，豆腐皮无一张破损。"王记"豆腐方干齐整紧细，有韧性，切"干丝"最好，北城几家茶馆，五柳园、小蓬莱、胡小楼，常年到"王记"买豆腐干。因此街邻们议论：小买卖发大财。

一个豆腐店，"发"也发不到哪里去。但是王居小学毕业后读了初中。我们同了九年学。王居上了初中，还是改不了他那老毛病，齐步走，一顺边。

王居初中毕业后，是否升学读了高中，我就不清楚了。

注释

① 本篇选自《小学同学》。

馄饨担

三姊妹出嫁[1]

秦老吉是个挑担子卖馄饨的。他的馄饨担子是全城独一份,他的馄饨也是全城独一份。

这副担子非常特别。一头是一个木柜,上面有七八个扁扁的抽屉;一头是安放在木柜里的烧松柴的小缸灶,上面支一口紫铜浅锅。铜锅分两格,一格是骨头汤,一格是下馄饨的清水。扁担不是套在两头的柜子上,而是打的时候就安在柜子上,和两个柜子成一体。扁担不是直的,是弯的,像一个罗锅桥。这副担子是楠木的,雕着花,细巧玲珑,很好看。这好像是《东京梦华录》时期的东西,李嵩笔下画出来的玩艺儿。秦老吉老远地来了,他挑的不像是馄饨担子,倒好像挑着一件什么文物。这副担子不知道传了多少代了,因为材料结实,做工精细,到现在还很完好。

别人卖的馄饨只有一种，葱花水打猪肉馅。他的馄饨除了猪肉馅的，还有鸡肉馅的、螃蟹馅的，最讲究的是荠菜冬笋肉末馅的，——这种肉馅不是用刀刃而是用刀背剁的！作料也特别齐全，除了酱油、醋，还有花椒油、辣椒油、虾皮、紫菜、葱末、蒜泥、韭花、芹菜和本地人一般不吃的芫荽。馄饨分别放在几个抽屉里，作料敞放在外面，任凭顾客各按口味调配。

他的器皿用具也特别精洁——他有一个拌馅用的深口大盘，是雍正青花！

笃——笃笃，秦老吉敲着竹梆，走来了。找一个柳荫，把担子歇下，竹梆敲出一串花点，立刻就围满了人。

秦老吉就用这副担子，把三个女儿养大了。

秦老吉的老婆死得早，给他留下三个女儿。大凤、二凤和小凤。三个女儿，一个比一个小一岁，梯子蹬似的。三个丫头一个模样，像一个模子脱出来的。三个姑娘，像三张画。有人跟秦老吉说："应该叫你老婆再生一个的，好凑成一套四扇屏儿！"

姊妹三个，从小没娘，彼此提挈，感情很好。一家人都很勤快。一进门，清清爽爽，干净得像明矾澄过的清水。

谁家娶了邋遢婆娘，丈夫气急了，就说："你到秦老吉家看看去！"三姊妹各有所长，分工负责。大裁大剪，单夹皮棉——秦老吉冬天穿一件山羊皮的背心，是大姐的；锅前灶后，热水烧汤，是二姐的；小妹妹小，又娇，两个姐姐惯着她，不叫她做重活，她就成天地挑花绣朵。她把两个姐姐绣得全身都是花。围裙上、鞋尖上、手帕上、包头布上，都是花。这些花里有一样必不可少的东西，是凤。

姊妹三个都大了。一个十八，一个十七，一个十六。该嫁了。这三只凤要飞到哪棵梧桐树上去呢？

三姊妹都有了人家了。大姐许了一个皮匠，二姐许了一个剃头的，小妹许的是一个卖糖的。

皮匠的脸上有几颗麻子，一街人都叫他麻皮匠。他在东街的"乾陞和"茶食店廊檐下摆一副皮匠担子。"乾陞和"的门面很宽大，除了一个柜台，两边竖着的两块碎白石底子堆刻黑漆大字的木牌——一块写着"应时糕点"，一块写着"满汉饽饽"。这之外，没有什么东西，放一副皮匠担子一点不碍事。麻皮匠每天一早，"乾陞和"才开了门，就拿起一把长柄的笤帚把店堂打扫干净，然后就在"满汉饽饽"下面支起担子，开始绱鞋。他是个手脚很快的人。走起路来腿快，绱起鞋来手快。只见他把锥子在头发里"光"两下,一锥子扎过鞋帮鞋底,把两根用猪鬃引着的蜡线对穿过去,噌——噌,两把就绱了一针。流利合拍,均匀紧凑。他绱鞋的时候,常有人歪着头看。绱鞋,本来没有看头,但是麻皮匠绱鞋就能吸引人。大概什么事做得很精熟,就很美了。因为手快,麻皮匠一天能比别的皮匠多绱好几双鞋。不但快,绱得也好。针脚细密,楦得也到家,穿在脚上,不易走样。因此,他生意很好。也因此,落下"麻皮匠"这样一个称号。人家做好了鞋,叫佣人或孩子送去绱,总要叮嘱一句:"送到麻皮匠那里去。"这街上还有几个别的皮匠。怕送错了。他脸上的那几颗麻子就成了他的标志。他姓什么呢? 好像是姓马。

二姑娘的婆家姓时。老公公名叫时福海。他开了一爿剃头店,字号也就是"时福海记"。剃头的本属于"下九流",他的店铺每年贴的春联却是:"头等事业,顶上生涯"。自从满清推翻,建立民国,人们剪了辫子,他的店铺主要是剃光头,以"水热刀快"为号召。时福海像所有的老剃头待诏一样,还擅长向阳取耳(掏耳朵),捶背拿筋。剃完头,用两只拳头给顾客哔哔剥剥地捶背(捶出各种节奏和清浊阴阳的脆响),噔噔地揪肩胛后的"懒筋"——捶、揪之后,真是"浑身通泰"。他还专会治"落枕"。睡落了枕，歪着脖子走进去，时福海把你的脑袋搁在他躬起的大腿上，两手扶着下颚，轻试两下，"咔叭"——就扳正了！老年间，剃头匠是半个跌打医生。

这地方不知怎么会有这么一个传统，剃头的多半也是吹鼓手（不是所有的剃头匠都是吹鼓手，也不是所有的吹鼓手都是剃头匠）。时福海就也是一个吹鼓手。他吹唢呐，两腮鼓起两个圆圆的鼓包，憋得满脸通红。他还会"进曲"。好像一城的吹鼓手里只有他会，或只有他擅长于这个玩艺儿。人家办丧事，"六七"开吊，在"初献"、"亚献"之后，有"进曲"这个项目。赞礼的礼生喝道"进——曲！"时福海就拿了一面荸荠鼓，由两个鼓手双笛伴奏，唱一段曲子。曲词比昆曲还要古，内容是"神仙道化"，感叹人生无常，有《薤露》、《蒿里》遗意，很可能是元代的散曲。时福海自己也不知道唱的是什么，但还是唱得感慨唏嘘，自己心里都酸溜溜的。

时代变迁，时福海的这一套有点吃不开了。剃光头的人少了，"水热刀快"不那么有号召力了。卫生部门天天宣传挖鼻孔、挖耳朵不卫生。懂得享受捶背揪懒筋的乐趣的人也不多了。时福海忽然变成一个举动迟钝的老头。

时福海有两个儿子。下等人不避父讳，大儿子叫大福子，小儿子叫小福子。

大福子很能赶潮流。他把逐渐暗淡下去的"时福海记"重新装修了一下，门窗柱壁，油漆一新，全都是奶油色，添了三面四尺高、二尺宽的大玻璃镜子。三面大镜之间挂了两个狭长的镜框，里面嵌了磁青砑银的蜡笺对联，请一个擅长书法的医生汪厚基浓墨写了一副对子：

不教白发催人老

更喜春风满面生

他还置办了"夜巴黎"的香水，"司丹康"的发蜡。顶棚上安了一面白布制成的"风扇"，有滑车牵引，叫小福子坐着，一下一下地拉"风扇"的绳子，使理发的人觉得"清风徐来"，十分爽快。这样，"时福海记"就又兴旺起来了。

大福子也学了吹鼓手。笙箫管笛，无不精通。

这地方不知怎么会流传"倒扳桨"、"跌断桥"、"剪靛花"之类的《霓裳续谱》、《白雪遗音》时期的小曲。平常人不唱，唱的多是理发的、搓澡的、修脚的、裁缝、做豆腐的年轻子弟。他们晚上常常聚在"时福海记"唱,大福子弹琵琶。"时福海记"外面站了好些人在听。

二凤要嫁的就是大福子。

三姑娘许的这家苦一点,姓吴,小人叫吴顺福,是个遗腹子。家里只有两个人,一个老母亲,是个跛脚,走起路来一跛一跛的。母子二人,相依为命。妈妈很慈祥,儿子很孝顺。吴顺福是个很聪明的人,十五岁上就开始卖糖。卖糖和卖糖可不一样。他卖的不是普通的芝麻糖、花生糖,他卖的是"样糖"。他跟一个师叔学会了一宗手艺:能把白糖化了,倒在模子里,做成大小不等的福禄寿三星、财神爷、麒麟送子。高的二尺,矮的五寸,衣纹生动,须眉清楚;还能把糖里加了色,不用模子,随手吹出各种瓜果,桃、梨、苹果、佛手,跟真的一样,最好看的是南瓜:金黄的瓜,碧绿的蒂子,还开着一朵淡黄的瓜花。这种糖,人家买去,都是当摆设,不吃。——吃起来有什么意思呢,还不是都是糖的甜味!卖得最多的是糖兔子。白糖加麦芽糖熬了,切成梭子形的一块一块,两头用剪刀剪开,一头窝进腹下,是脚;一头便是耳朵。耳朵下捏一下,便是兔子脸,两边嵌进两粒马料豆,一个兔子就成了!马料豆有绿豆大,一头是通红的,一头是漆黑的。这种豆药店里卖,平常配药很少用它,好像是天生就为了做糖兔的眼睛用的!这种糖兔子很便宜,一般的孩子都买得起。也吃了,也玩了。

师叔死后,这门手艺成了绝活儿,全城只有吴顺福一个人会,因此,他的生意是不错的。

他做的这些艺术品都放在擦得晶亮的玻璃橱子里,在肩上挑着。他的糖担子好像一个小型的展览会,歇在哪里,都有人看。

麻皮匠、大福子、吴顺福,都住得离秦老吉家不远。大姑娘、二姑娘、三姑娘几乎每天都能看到她们的女婿。姐儿仨有时在一起互相嘲戏。三姑娘小凤是个镴嘴子②,咭咭呱呱,对大姐姐说:

"十个麻子九个俏,不是麻子没人要!"

大姐啐了她一口。

她又对二姐姐说:

"姑娘姑娘真不丑,一嫁嫁个吹鼓手。吃冷饭,喝冷酒,坐人家大门口!"③

二姐也啐了她一口。

两个姐姐容不得小凤如此放肆,就一齐反唇相讥:

"敲锣卖糖，各干各行！"

小妹妹不干了，用拳头捶两个姐姐：

"卖糖怎么啦！卖糖怎么啦！"

秦老吉正在外面拌馅儿，听见女儿打闹，就厉声训斥道：

"靠本事吃饭，比谁也不低。麻油拌芥菜，各有心中爱，谁也不许笑话谁！"

三姊妹听了，都吐了舌头。

姐儿仨同一天出门子，都是腊月二十三。一顶花轿接连送了三个人。时辰倒是错开了。头一个是小凤，日落酉时。第二个是大凤，戌时。最后才是二凤。因为大福子要吹唢呐送小姨子，又要吹唢呐送大姨子。轮到他拜堂时已是亥时。给他吹唢呐的是他的爸爸时福海。时福海吹了一气，又坐到喜堂去受礼。

三天回门。三个姑爷，三个女儿都到了。秦老吉办了一桌酒，除了鸡鸭鱼肉，他特意包了加料三鲜馅的绉纱馄饨，让姑爷尝尝他的手艺。鲜美清香，自不必说。

三个女儿的婆家，都住得不远，两三步就能回来看看父亲。炊煮扫除，浆洗缝补，一如往日。有点小灾小病，头疼脑热，三个女儿抢着来伺候，比没出门时还殷勤。秦老吉心满意足,毫无遗憾。他只是有点发愁:他一朝撒手,谁来传下他的这副馄饨担子呢?

笃 —— 笃笃,秦老吉还是挑着担子卖馄饨。

真格的,谁来继承他的这副古典的,南宋时期的,楠木的馄饨担子呢?

一九八一年九月十日

注释

① 本篇选自《晚饭花》,原载《十月》1982年第一期。初收《晚饭花集》,人民文学出版社,1985年3月。
② 镰嘴子是一种鸟,喙大而硬。此地说嘴尖舌巧的姑娘为镰嘴子,其实镰嘴子哑着的时候多,不善鸣叫。
③ 这是当地童谣。"吃冷饭,喝冷酒"也有说成"吃人家饭,喝人家酒"的。

邂　逅[①]

　　船开了一会，大家坐定下来。理理包箧，接起刚才中断的思绪，回味正在进行中的事务已过的一段的若干细节，想一想下一步骤可能发生的情形；没有目的的擒纵一些飘忽意象；漫然看着窗外江水；接过茶房递上来的手巾擦脸；掀开壶盖给茶房沏茶；口袋里摸出一张什么字条，看一看，又搁了回去；抽烟；打盹；看报；尝味着透入脏腑的机器的浑沉的震颤，——震得身体里的水起了波纹，一小圈，一小圈；暗数着身下靠背椅的一根一根木条；什么也不干，听而不闻，视而不见，近乎是虚设的"在"那里；观察，感觉，思索着这些，……各种生活式样摆设在船舱座椅上，展放出来；若真实，又若空幻，各自为政，没有章法，然而为一种什么东西范围概括起来，赋之以相同的一点颜色。——那也许是"生活"本身。在现在,则是"过江",大家同在一条"船"上。

在分割了的空间之中,在相忘于江湖的漠然之中,他被发现了,像从一棵树下过,忽然而发现了这里有一棵树。他是什么时候进来的呢? 他一定是刚刚进来。虽没有人注视着舱门如何进来了一个人,然而全舱都已经意识到他,在他由动之静,迈步之间有停止之意而终于果然站立下来的时候,他的进来完全成为了一个事实。好像接到了一个通知似的,你向他看。

你觉得若有所见了。

活在世上,你好像随时都在期待着,期待着有甚么可以看一看的事。有时你疲疲困困,你的心休息,你的生命匍伏着像一条假寐的狗,而一到有甚么事情来了,你醒豁过来,白日里闪来了清晨。

常常也是一涉即过,清新的后面是沉滞,像一缕风。

他停立在两个舱门之间的过道当中,正好是大家都放弃而又为大家所共有的一个自由地带。—— 他为什么不坐? 有的是空座位。—— 他不准备坐,没有坐的意思,他没有从这边到那边看一看,他不是在挑选那一张椅子比较舒服。他好像有所等待的样子。—— 动人的是他的等待么?

他脉脉的站在那里。在等待中总是有一种孤危无助的神情的，然而他不放纵自己的情绪，不强迫人怜恤注意他。他意态悠远，肤体清和，目色沉静，不纷乱，没有一点焦躁不安，没有忍耐。——你疑心他也许并不等待着甚么，只是他的神情总像在等待着甚么似的而已。

他整洁，漂亮，颀长，而且非常的文雅，身体的态度，可欣可感，都好极了。难得的，遇到这样一个人。

噢——他是个瞎子，——他来卖唱，——他是等着这个女孩子进来，那是他女儿，他等着茶房沏了茶打了手巾出去，（茶房从他面前经过时他略为往后退了退，让他过去，）等着人定，等着一个适当的机会开口。

她本来在那里的？是等在舱门外头？她也进来得正是时候，像她父亲一样，没有人说得出她怎么进来的，而她已经在那里了，毫不突兀，那么自然，那么恰到好处，刚刚在点儿上。他们永远找得到那个千载一时的成熟的机缘，一点都不费力。他已经又在许多纷纭褶曲的心绪的空隙间插进他的声音，不知道甚么时候，说了一句简单的开场白，唱下去了。没有跳踉呼喝，振足拍手，没有给任何旅客一点惊动，一点刺激，仿佛一切都是预先安排，这支曲子本然的已经伏在那里，应当有的，而且简直不可或缺，不是改变，是完成；不是反，是正；不是二，是一。……

一切有点出乎意外。

我高兴我已经十年不经过这一带，十年没有坐这种过江的渡轮了，我才不认识他。如果我已经知道他，情形会不会不同？一切令我欣感的印象会不存在？——也不，总有个第一次的。在我设想他是一种甚么人的时候我没有想出，没有想到他是卖唱的。他的职业特征并不明显，不是一眼可见，也许我全心倾注在他的另一种气质，而这种气质不是，或不全是生成于他的职业，我还没有兴趣也没有时间来判断，甚至设想他是何以为生的？如果我起初就发现——为什么刚才没有，一直到他举出来轻轻拍击的时候我才发现他手里有一付檀板呢？

从前这一带轮船上两个卖唱的，一个鸦片鬼，瘦极了，嗓子哑得简直发不出声音，咤咤的如敲破竹子；一个女人，又黑又肥，满脸麻子。——他样子不像是卖唱的？其实要说，也像，——卖唱的样子是一个甚么样子呢？——他不满身是那种气味。腐烂了的果子气味才更强烈，他还完完整整，好好的。他样子真是好极了。这是他女儿，没有问题。

他唱的甚么？

有一回，那年冬天特别冷，雪下得大极了，河封住了，船没法子开，我因事须赶回家去，只有起早走，过湖，湖都冻得实实的，船没法子过去，冰面上倒能走。大风中结了几个伴在茫茫一片冰上走，心里感动极了，抽一枝烟划一枝洋火好费事！一个人划洋火成了全队人的事情。……（我掏了一枝烟抽，）远远看见那只轮船冻在湖边，一点活意都没有，被遗弃在那儿，红的，黑的，都是可怜的颜色。我们坐过它很多次，天不这么冷，现在我们就要坐它的。忽然想起那两个卖唱的。他们在那里了呢，雪下了这么多天了。沿河堤有许多小客栈，本来没有甚么人知道的，都有了生意了，近年下，起早走路的客人多，都有事。他们大概可以一站一站的赶，十多里，二三十里，赶到小客栈里给客人解闷去，他们多半会这么着的。封了河不是第一次，路真不好走。一个人走起来更苦，他们其实可以结成伴。—— 哈，他们可以结婚！

这我想过不止一次了，我颇有为他们做媒之意。"结婚"，哈！但是他们一起过日子很不错，同是天涯沦落人，彼此有个照应。可是怪，同在一路，同在一条船上卖唱，他们好像并没有同类意识，见了面没有看他们招呼过，谈话中也未见彼此提起过,简直不认识似的。不会,认识是当然认识的。利害相妨,同行妒忌?未必罢,他们之间没有竞争。

男的鸦片抽成了精,没有几年好活了,但是他机灵,活络得多,也皮赖,一定得的钱较多。女的可以送他葬,到时候有个人哭他,买一陌纸钱烧给他。——你是不是想男的可以戒烟,戒了烟身体好起来,不喝酒,不赌钱,做两件新蓝布大褂,成个家,立个业,好好过日子,同偕到老?小孩子!小孩子!——不,就是在一个土地庙神龛鬼脚下安身也行,总有一点温暖的,——说不定他们还会生个孩子。

现在,他们一定结伴而行了,在大风雪中挨着冻饿,挨着鸦片烟,十里二十里的往前赶一家一家的小客栈了。小客栈里咸菜辣椒煮小鲫鱼一盘一盘的冒着热气,冒着香,锅里一锅白米饭。——今天米价是多少?一百八?

下来一半(路程)了罢?天气好,风平浪静。

他们不会结婚,从来没有想到这个上头去过。这个鸦片鬼不需要女人,这个女人没有人要。别看这个鸦片鬼,他要也才不要这个女人!他骨干肢体毁蚀了,走了样,可是本来还不错的,还起原来很有股子潇洒劲儿。那样的身段是能欣赏女人的身段,懂得风情的身段。这个女人没有女人味儿!

鸦片鬼老是一段《活捉张三郎》，挤眉瞪眼，伸头缩脖子，夸张，恶俗，猥亵，下流极了。没法子。他要抽鸦片。可是要是没法子不听还是宁可听他罢。他聪明，他用两枝竹筷丁丁当当敲一个青花五寸盘子，敲得可是神极了，溅跳洒泼，快慢自如，有声有势，活的一样。他很有点才气，适于干这一行的，他懂。那个黑麻子女人拖把胡琴唱"你把那，冤枉事勒欧欧欧欧欧欧……"实在不敢领教。或者，更坏，不知那里学来的一段《黑风帕》。这个该死的蠢女人！

他们秉赋各异，玩意儿不同，凑不到一起去。

真不大像是——这女孩子配不上他父亲，——还不错，不算难看，气派好，庄静稳重，不轻浮，现在她接她父亲的口唱了。

有熟人懂得各种曲子的要问问他，他们唱的这种叫甚么调子。这其实应当说是一种戏文，用的是代言体。上台彩扮大概不成罢，声调过于逶迤曼长了。虽是两人递接着唱，但并非对口，唱了半天，仍是一个人口吻。全是抒情，没有情节。事实自《红楼梦》敷衍而出，黛玉委委屈屈向宝玉倾诉心事。每一段末尾长呼"我的宝哥哥儿来"，可是唱得含蓄低宛，居然并不觉得刺耳。颇有人细细的听，凝着神，安安静静，脸上恻恻的，身体各部松弛解放下来，气息深深，偶然舒一舒胸，长长透一口气，纸烟灰烧出一长段，跌落在衣襟上，碎了，这才霍然如梦初醒。有人低语：

"他的眼睛——"

"瞎子，雀盲。"

"哦——"

进门站下来的时候就觉得，他眼睛有点特别，空空落落，不大有光彩，不流动。可是他女儿没有进来之先他向舱门外望了一眼，他一扬头，样子不像瞎眼的人。瞎眼人脸上都有一种焦急愤恨，眼角嘴角大都要变形的，雀盲尤其自卑，扭扭捏捏，藏藏躲躲，他没有，他脸上恬静平和极了。他应当是生下来就双眼不通，不会是半途上瞎的。

女孩子唱的还不如她父亲。——听是还可以听。

这段曲子本来跟多数民间流行曲子一样，除了感伤，剩下就没有什么东西了，可是他唱得感伤也感伤，一点都不厉害。唱得深极了，远极了，素雅极了，醇极了，细运轻输，不枝不蔓，舒服极了。他唱的时候没有一处摇摆动幌，脸上都不大变样子，只有眉眼间略略有点凄愁，像是在深深思念之中，不像在唱。——啊不，是在唱，他全身都在低唱，没有那一处是散涣叛离的。他唱得真低，然而不枯，不弱，声声匀调，字字透达，听得清楚分明极了。每一句，轻轻的拍一板，一段，连拍三四下。女儿所唱，格韵虽较一般为高，但是听起来薄，松，含糊，嫩嫩的，她是受她父亲的影响，摹仿父亲而没有得其精华神髓，她尽量压减洗涤她的嗓音里的野性和俗气，可是她的生命不能与那个形式蕴合，她年纪究竟轻，而且性格不够。她不能沉缅，她心不专，她唱，她自己不听。她没有想跳出这个生活，她是个老实孩子。老实孩子，但不是没有一些片片段段的事情足以教她分心，教她不能全神贯注，入乎其中。

她有十七八岁了罢？有啰，可能还要大一点。样子还不难看。脸宽宽的，鼻子有一点塌，眼睛分得很开。搽了一点脂粉，胭脂颜色不好，桃红的。头发修得很齐，梳得光光的，稍为平板了一点，前面一个发卷于是显得像个筒子，跟后面头发有点不相连属。腰身粗粗的，眼前还不要紧，千万不能再胖。站着能够稳稳的，腿分得不太开，脚不乱动，上身不扭，然而不僵，就算难得的了。她的态度救了她的相貌不少。她神色间有点疲倦，一种心理的疲倦。—— 她有了人家没有？一件黑底小红碎花布棉袍，青鞋，线袜，干干净净。—— 又是父亲了,他们轮着来。她唱得比较少,大概是父亲唱两段,女儿唱一段。

天气真好,简直没有甚么风。船行得稳极了。

谁把茶壶跟茶杯挨近着放,船震,轻轻的碜出瓷的声音,细细的,像个金铃子叫。—— 嗳呀,叫得有点烦人!心里不舒服,觉得恶心。—— 好了,平息了,心上一点霉斑。—— 让它叫去罢,不去管它。

是不是这么分的,一个两段,一个一段?这么分法有甚么理由?要是倒过来,—— 现在这么听着挺合适,要是女儿唱两段父亲唱一段呢,这个布局想象得出么?打个比方,就像两种花色编结起来的连续花边,两朵蓝的,间有一朵绿的,(紫的,黄的,银红的,杂色的,)如果改成两朵绿的一朵蓝的呢?……甚么蓝的绿的,不像!干甚么用比喻呢,比喻不伦!—— 有没有女儿两段父亲一段的时候?—— 分开来唱四段比连着唱三段省力。—— 两个人比一个人唱好,有变化,不单调,起来复舒卷感,像花边。—— 比喻是个陷阱,还是摔不开!—— 接口接得真好,一点不露痕迹,没有夺占,没有缝隙,水流云驻,叶落花开,相契莫逆,自自在在,当他末一声的有余将尽,她的第一字恰恰出口,不颔首,不送目，不轻轻咳嗽，看不出一点点暗示和预备的动作。

他们并排站着，稍有一段距离。他们是父女，是师徒，也还是同伴。她唱得比较少，可是并不就是附属陪衬。她并不多余，在她唱的时候她也是独当一面，她有她的机会，他并不完全笼罩了她，他们之间有的是平等，合作时不可少的平等。这种平等不是力求，故不露暴，于是更圆满了。——真的平等不包含争取。父亲唱的时候女儿闲着，她手里没有一样东西，可是她能那么安详！她垂手直身，大方窈窕，有时稍稍回首，看她父亲一眼，看他的侧面，他的手，他的下颚，他的檀板，她的眼睛是一个合作的女儿的眼睛。——她脚下不动。

他自己唱的时候他拍板，女儿唱的时候他为女儿拍板，他从头没有离开过曲子一步。他为女儿拍板时也跟为自己拍板时一样。好像他女儿唱的时候有两起声音，一起直接散出去，一起流过他，再出去。不，这两条路亦分亦合，还是一条路，不管是他和她所发的声音都似乎不是从这里，不是由这两个人，不是在我们眼前这个方寸之地传来的，不复是一个现实，这两个声音本身已经连成一个单位。——不是连成，本是一体，如藕于花，如花于镜，无所凭藉，亦无落著，在虚空中，在天地水土之间。……

女孩子眼睛里看见甚么了？一个客人袖子带翻了一只茶杯，残茶流出来，渐成一线，伸过去，伸过去，快要到那个纸包了，——纸包里头是甚么东西？——嘻，好了，桌子有一条缝，茶透到缝里去了。——还没有，——还没有——滴下来了！这种茶杯底子太小，不稳，轻轻一偏就倒了。她一边看，一边唱，唱完了，还在看，不知是不是觉得有人看出了，有点不好意思，微低了头，面色肃然。——有人悄悄的把放在桌上的香烟火柴放回口袋里，快到了罢？对岸山浅浅的一抹。他唱完了这一段大概还有一段，由他开头，也由他收尾。

完了，可是这次好像只有一段？女儿走下来收钱，他还是等在那儿。他收起檀板，敛手垂袖而立，温文恭谨，含情脉脉，跟进来时候一样。

他样子真好极了。人高高的，各部分都称配，均衡，可是并不伟岸，周身一种说不出来的优雅高贵。稍稍有点衰弱，还好，还看不出有病苦的痕迹。总五十左右岁了。……今天是……十三，过了年才这么几天，风吹着已经似乎不同了。——他是理了发过的年罢，发根长短正合适。梳得妥妥贴贴，大大方方。头发还看不出有白的。——他不能自己修脸罢？也还好，并不惨厉，而且稍为有点阴翳于他正相宜，这是他的本来面目，太光滑了就不大像他了。他脸上轮廓清晰而固定，不易为光暗影响改变。手指白白皙皙，指甲修得齐齐的。——干净极了！一眼看去就觉得他的干净。可是干净得近人情，干净得教人舒服，不萧索，不干燥，不冷，不那么兢兢翼翼，时刻提防，觉得到处都脏，碰不得似的。一件灰色棉袍，剪裁得合身极了。布的。——看上去料子像很好？——是布的。不单是袍子，里面衬的每一件衣裤也一定都舒舒齐齐，不破，不脏，没有气味，不窝囊着，不扯起来，口袋纽子都不残缺，一件套着一件，一层投着一层，袖口一样长短，领子差不多高低，边对边，缝对缝。……还很新，是去年冬天做的。——袍子似乎太厚了一点，有点臃肿，减少了他的挺拔。——不，你看他的腮，他真该穿得暖些啊。他的胸，他的背，他的腰胁，都暖洋洋的，他全身正在领受着一重丰厚的暖意，——一脉近于叹息的柔情在他的脸上。

她顺着次序走过一个一个旅客，不说一句话，伸出她的手，坦率，无邪，不局促，不忸怩，不争多较少，不泼刺，不蘑菇，规规矩矩老老实实。——这女孩子实在不怎么好看，她鼻子底下有颗痣。都给的。——有一两个，她没有走近，看样子他也许没有，然而她态度中并无轻蔑之意，不让人不安。有的脸背着，或低头扣好皮箱的锁，她轻轻在袖子上拉一拉。——真怪，这样一个动作中居然都不包含一点卖弄风情，没有一点冒昧。被拉的并不嗔怪，不声不响，掏出钱来给她。——有人看着他，他脸一红，想分辩，我不是——是的，你忙着有事，不是规避，谁说你小器的呢，瞧瞧你这样的人，像么，——于是两人脸上似笑非笑了一下，眼光各向一个方向挪去。——这两个人说不定有机会认识，他们老早谈过话了。——在澡堂里，饭馆里，街上，隔若干日子，碰着了，他们有招呼之意，可是匆匆错过了，回来，也许他们会想，这个人好面熟，那里见过的？——大概想不出究竟是那里见过的了罢？——人应当记日记。——给的钱上下都差不多，这也好像有个行情，有个适当得体的数目，切合自己生活，也不触犯整个社会。这玩意儿真不易，够学的！过到老，学不了，学的就是这种东西？这是老练，是人生经验，是贾宝玉反对的学问文章，我的老天爷！——这一位，没有零的，掏出来一张两万关金券，一时张皇极了，没有主意，连忙往她手里一搁，心直跳，转过身来伏在船窗上看江水，他简直像大街上摔了一大跤。——哎，别急，没有关系。——差不多全给的。然而送给舱里任何一位一定没有人要，一点不是一个可羡慕的数目。——上海正发行房屋奖券，这里头一定有人买的，就快开奖了。你见过设计图样么？——从前用铜子，卖唱的多用一个小藤册子接钱，投进去磬磬的响。

都收了，她回去，走近她父亲，——她第一次靠着她父亲，伸一个手给他，拉着他，她在前，他在后，一步一步走出去了。他是个瞎子。——我这才真正的觉得他瞎，看到他眼睛看不见，十分的动了心。他的一切声容动静都归纳摄收在这最后的一瞥，造成一个印象，完足，简赅，具体。他走了，可是印象留下来。——他们是父女，无条件的，永远的，没有一丝缝隙的亲骨肉。不，她简直是他的母亲啊！他们走了。……

"他们一天能得多少钱？"

"也不多——轮渡一天来回才开几趟。夏天好，夏天晚上还有人叫到家里唱。"

"那他们穿的？"

"嗳——"

船平平稳稳的行进，太阳光照在船上，照在柔软的江水上。机器的震动均匀而有力，充满健康，充满自信。舱壁上几道水影的反光幌荡。船上安静极了，有秩序极了。——忽然乱起来，像一个灾难，一个麻袋挣裂了，滚出各种果实。一个脚夫像天神似的跳到舱里。—— 到了，下午两点钟。

注释

① 本篇原载1948年5月2日《华北日报》，又载1948年7月26日、29日《华美晚报》以及1948年9月8日、15日香港《大公报》。初收《邂逅集》，文化生活出版社，1949年4月，文字略有改动。

卖眼镜的宝应人①

他是个卖眼镜的，宝应人，姓王。大家不知道怎么称呼他才合适。叫他"王先生"高抬了他，虽然他一年四季总是穿着长衫，而且整齐干净（他认为生意人必要"擦干掸净"，才显得有精神，得人缘，特别是脚下的一双鞋，千万不能邋遢："脚底无鞋穷半截"）。叫他老王，又似有点小瞧了他。不知是哪一位开了头，叫他"王宝应"。于是就叫开了。背后，当面都这么叫。以至王宝应也觉得自己本来就叫王宝应。

他是个跑江湖做生意的，不老在一个地方。"行商坐贾"，他算是"行商"。他所走的是运河沿线的一些地方，南自仪征、仙女庙、邵伯、高邮，他的家乡宝应，淮安，北至清江浦。有时也岔到兴化、泰州、东台。每年在高邮停留的时间较长，因为人熟，生意好做。

卖眼镜的撑不起一个铺面，也没有摆摊的，他走着卖，——卖眼镜也没有吆喝的。他左手半捧半托着一个木头匣子，匣子一底一盖，后面有合页连着。匣子平常总是揭开的。匣盖子里面用尖麻钉卡着二三十副眼镜：平光镜、近视镜、老花镜、养目镜。这么个小本买卖没有什么验目配光的设备，有人买，挑几副试试，能看清楚报上的字就行。匣底是一些杂七杂八的东西，可以说是小古董：玛瑙烟袋嘴、"帽正"的方块小玉、水钻耳环、发蓝点翠银簪子、风藤镯，甚至有装鸦片烟膏的小银盒……这些东西不知他是从什么地方寻摸来的。

他寄住在大淖一家人家。一清早，就托着他的眼镜匣奔南门外琵琶闸，在小轮船开船前，在"烟篷"、"统舱"里转一圈。稍后，几家茶馆，五柳园、小蓬莱、新大陆都上了客，他就到茶馆里转一圈。哪里人多，热闹，都可以看到他的踪迹：王四海耍"大把戏"的场子外面、唱"大戏"的庙台子下面、放戒的善因寺山门旁边，甚至枪毙人（当地叫做"铳人"）的刑场附近，他都去。他说他每天走的路不下三四十里。"人为财死，鸟为食亡，天生的劳碌命！"

王宝应也不能从早走到晚，他得有几个熟识的店铺歇歇脚：李馥馨茶叶店、大吉陞油面（茶食）店、同康泰布店、王万丰酱园……最后，日落黄昏，到保全堂药店。他到这些店铺，和"头柜"、"二柜"、"相公"（学生意的）都点点头，就自己找一个茶碗，从"茶壶捂子"里倒一杯大叶苦茶，在店堂找一张椅子坐下。有时他也在店堂里用饭：两个插酥芝麻烧饼。

他把木匣放在店堂方桌上，有生意做生意，没有生意时和店里的"同事"、无事的闲人谈天说地，道古论今。他久闯江湖，见多识广，大家也愿意听他"白话"。听他白话的人大都半信半疑，以为是道听途说。——他书读得不多，路走得不少，可不只能是"道听途说"么？

他说沭阳陈生泰（这是苏北人都知道的一个特大财主）家有一座羊脂玉观音。这座观音一尺多高，"通体无瑕"。难得的是龙女的一抹红嘴唇、善才童子的红肚兜，都是天生的。——当初"相"这块玉的师傅怎么就能透过玉胚子看出这两块红，"碾"得又那么准？这是千载难逢，是块宝。有一个大盗，想盗这座观音，在陈生泰家瓦垅里伏了三个月。可是每天夜里只见下面一夜都是灯笼火把，人来人往，不敢下手。灯笼火把，人来人往，其实并没有，这是神灵呵护。凡宝物，必有神护，没福的，取不到手。

他说"十八鹤来堂夏家"有一朵云。云在一块水晶里。平常看不见。一到天阴下雨，云就生出来，盘旋袅绕。天晴了，云又渐渐消失。"十八鹤来堂"据说是堂建成时有十八只白鹤飞来，这也许是可能的。鹤来堂有没有一朵云，就很难说了。但是高邮人非常愿意夏家有一朵云——这多美呀，没有人说王宝应是瞎说。

他说从前泰山庙正殿的屋顶上，冬天，不管下多大的雪，不积雪。什么缘故？原来正殿下面有一个很大的獾子洞，跟正殿的屋顶一样大。獾子用自己的毛擀成一块大毯子，——"獾毯"。"獾毯"热气上升，雪不到屋顶就化了。有人问这块"獾毯"后来到哪里了，王宝应说：被一个"江西憋宝回子"盗走了，——现在下大雪的时候泰山庙正殿上照样积雪。

除了这些稀世之宝，王宝应最爱白话的是各地的吃食。

他说淮安南阁楼陈聋子的麻油馓子风一吹能飘起来。

他说中国各地都有烧饼，各有特色，大小、形状、味道，各不相同。如皋的黄桥烧饼、常州的麻糕、镇江的蟹壳黄，味道都很好。但是他宁可吃高邮的"火镰子"，实惠！两个，就饱了。

他说东台冯六吉——大名士,在年羹尧家当西宾——坐馆。每天的饭菜倒也平常,只是做得讲究。每天必有一碗豆腐脑。冯六吉岁数大了,辞馆回乡。他想吃豆腐脑。家里人想:这还不容易!到街上买了一碗。冯六吉尝了一勺,说:"不对!不是这个味道!"街上买来的豆腐脑怎么能跟年羹尧家的比呢?年羹尧家的豆腐脑是鲫鱼脑做的!

他的白话都只是"噱子",目的是招人,好推销他的货。他把他卖的东西吹得神乎其神。

他说他卖的风藤镯是广西十万大山出的,专治多年风湿,筋骨酸疼。

他说他卖的养目镜是真正茶晶,有"棉",不是玻璃的。真茶晶有"棉",假的没有。戴了这副眼镜,会觉得窨凉窨凉。赤红火眼,三天可愈。

他不知从哪里收到一把清朝大帽的红缨,说是猩猩血染的,五劳七伤,咯血见红,剪两根煎水,热黄酒服下,可以立止。

有一次他拿来一个浅黄色的烟嘴,说是蜜蜡的。他要了一张白纸,剪成米粒大一小块一小块,把烟嘴在袖口上磨几下,往纸屑上一放,纸屑就被吸起来了。"看!不是蜜蜡,能吸得起来么?"

蜜蜡烟嘴被保全堂的二老板买下了。二老板要买,王宝应没敢多要钱。

二老板每次到保全堂来,就在账桌后面一坐,取出蜜蜡烟嘴,用纸捻通得干干净净,觑着眼看看烟嘴小孔,掏出白绸手绢把烟嘴全身上下仔仔细细擦了个遍,然后,掏出一枝大前门,插进烟嘴,点了火,深深抽了几口,悠然自得。

王宝应看看二老板抽烟抽得那样出神入化,也很陶醉:"蜜蜡烟嘴抽烟,就是另一个味儿:香,醇,绵软!"

二老板不置可否。

王宝应拿来三个翡翠表拴。那年头还兴戴怀表。讲究的是银链子、翡翠表拴。表拴别在钮扣孔里。他把表拴取出来,让在保全堂店堂里聊天的闲人赏眼:"看看,多地道的东西,翠色碧绿,地子透明,这是'水碧'。我费了好大的劲才弄到。不贵,两块钱就卖,——一根。"

十几个脑袋向翡翠表拴围过来。

一个外号"大高眼"的玩家掏出放大镜,把三个表拴挨个看了,说:"东西是好东西!"

开陆陈行的潘小开说:"就是太贵,便宜一点,我要。"

"贵? 好说!"

经过讨价还价,一块八一根成交。

"您是只要一个,还是三个都要?"

"都要! —— 送人。"

"我给您包上。"

王宝应抽出一张棉纸,要包上表拴。

"先莫忙包,我再看看。"

潘小开拈起一个表拴:

"靠得住?"

"靠得住!"

"不会假?"

"假? 您是怕不是玉的,是人造的,松香、赛璐珞、'化学'的? 笑话! 我王宝应在高邮做生意不是一天了,什么时候卖过假货? 是真是假,一试便知。玉不怕火,'化学'的见火就着。当面试给你看!"

王宝应左手两个指头捏住一个表拴,右手划了一根火柴,火苗一近表拴 ——

呼，着了。

一九九三年十月二十六日

注释

① 本篇原载《中国作家》1994年第二期。初收《矮纸集》，长江文艺出版社，1996年3月。

米

卖蚯蚓的人①

我每天到玉渊潭散步。

玉渊潭有很多钓鱼的人。他们坐在水边，瞅着水面上的漂子。难得看到有人钓到一条二三寸长的鲫瓜子。很多人一坐半天，一无所得。等人、钓鱼、坐牛车，这是世间"三大慢"。这些人真有耐性。各有一好。这也是一种生活。

在钓鱼的旺季，常常可以碰见一个卖蚯蚓的人。他慢慢地蹬着一辆二六的旧自行车，有时扶着车慢慢地走着。走一截，扬声吆唤：

"蚯蚓——蚯蚓来——"

"蚯蚓——蚯蚓来——"

有的钓鱼的就从水边走上堤岸，向他买。

"怎么卖？"

"一毛钱三十条。"

来买的掏出一毛钱,他就从一个原来是装油漆的小铁桶里,用手抓出三十来条,放在一小块旧报纸里,交过去。钓鱼人有时带点解嘲意味,说:

"一毛钱,玩一上午!"

有些钓鱼的人只买五分钱。

也有人要求再添几条。

"添几条就添几条,一个这东西!"

蚯蚓这东西,泥里咕叽,原也难一条一条地数得清,用北京话说,"大概其",就得了。

这人长得很敦实,五短身材,腹背都很宽厚。这人看起来是不会头疼脑热、感冒伤风的,而且不会有什么病能轻易地把他一下子打倒。他穿的衣服都是宽宽大大的,旧的,褪了色,而且带着泥渍,但都还整齐,并不褴褛,而且单夹皮棉,按季换衣。——皮,是说他入冬以后的早晨有时穿一件出锋毛的山羊皮背心。按照老北京人的习惯,也可能是为了便于骑车,他总是用带子扎着裤腿。脸上说不清是什么颜色,只看到风、太阳和尘土。只有有时他剃了头,刮了脸,才看到本来的肤色。新剃的头皮是雪白的,下边是一张红脸。看起来就像是一件旧铜器在盐酸水里刷洗了一通,刚刚拿出来一样。

因为天天见,面熟了,我们碰到了总要点点头,招呼招呼,寒暄两句。

"吃啦?"

"您遛弯儿!"

有时他在钓鱼人多的岸上把车子停下来,我们就说会子话。他说他自己:"我这人 —— 爱聊。"

我问他一天能卖多少钱。

"一毛钱三十条,能卖多少!块数来钱,两块,闹好了有时能卖四块钱。"

"不少!"

"凑合吧。"

我问他这蚯蚓是哪里来的,"是挖的?"

旁边有一位钓鱼的行家说:

"是烹的。"

这个"烹"字我不知道该怎么写,只能记音。这位行家给我解释,是用蚯蚓的卵人工孵化的意思。

"蚯蚓还能'烹'?"

卖蚯蚓的人说：

"有'烹'的，我这不是，是挖的。'烹'的看得出来，身上有小毛，都是一般长。瞧我的：有长有短，有大有小，是挖的。"

我不知道蚯蚓还有这么大的学问。

"在哪儿挖的，就在这玉渊潭？"

"不！这儿没有。—— 不多。丰台。"

他还告诉我丰台附近的一个什么山，山根底下，那儿出蚯蚓，这座山名我没有记住。

"丰台？一趟不得三十里地？"

"我一早起蹬车去一趟，回来卖一上午。下午再去一趟。"

"那您一天得骑百十里地的车？"

"七十四了，不活动活动成吗！"

他都七十四了！真不像。不过他看起来像多少岁，我也说不上来。这人好像是没有岁数。

"您一直就是卖蚯蚓？"

"不是！我原来在建筑上，—— 当壮工。退休了。退休金四十几块，不够花的。"

我算了算，连退休金加卖蚯蚓的钱，有百十块钱，断定

他一定爱喝两盅。我把手圈成一个酒杯形,问:

"喝两盅?"

"不喝。—— 烟酒不动!"

那他一个月的钱一个人花不完,大概还会贴补儿女一点。

"我原先也不是卖蚯蚓的。我是挖药材的。后来药材公司不收购,才改了干这个。"

他指给我看:

"这是益母草,这是车前草,这是红苋草,这是地黄,这是豨莶……这玉渊潭到处是钱!"

他说他能认识北京的七百多种药材。

"您怎么会认药材的?是家传?学的?"

"不是家传。有个街坊,他挖药材,我跟着他,用用心,就学会了。—— 这北京城,饿不死人,你只要肯动弹,肯学!你就拿晒槐米来说吧——"

"槐米?"我不知道槐米是什么,真是孤陋寡闻。

"就是没有开开的槐花骨朵,才米粒大。晒一季槐米能闹个百儿八十的。这东西外国要,不知道是干什么用,听说是酿酒。不过得会晒。晒好了,碧绿的!晒不好,只好倒进垃圾堆。—— 蚯蚓!—— 蚯蚓来!"

我在玉渊潭散步,经常遇见的还有两位,一位姓乌,一位姓莫。乌先生在大学当讲师,莫先生是一个研究所的助理研究员。我跟他们见面也点头寒暄。他们常常发一些很有学问的议论,很深奥,至少好像是很深奥,我听不大懂。他们都是好人,不是造反派,不打人,但是我觉得他们的议论有点不着边际。他们好像是为议论而议论,不是要解决什么问题,就像那些钓鱼的人,意不在鱼,而在钓。

乌先生听了我和卖蚯蚓人的闲谈,问我:

"你为什么对这样的人那样有兴趣?"

我有点奇怪了。

"为什么不能有兴趣?"

"从价值哲学的观点来看,这样的人属于低级价值。"

莫先生不同意乌先生的意见。

"不能这样说。他的存在就是他的价值。你不能否认他的存在。"

"他存在。但是充其量,他只是我们这个社会的填充物。"

"就算是填充物,填充物也是需要的。'填充',就说明他的存在的意义。社会结构是很复杂的,你不能否认他也是社会结构的组成部分,哪怕是极不重要的一部分。就像自然界的需要维持生态平衡,我们这个社会也需要有生态平衡。从某种意义来说,这种人也是不可缺少的。"

"我们需要的是走在时代前面的人,呼啸着前进的,身上带电的人!而这样的人是历史的遗留物。这样的人生活在现在,和生活在汉代没有什么区别,——他长得就像一个汉俑。"

我不得不承认,他对这个卖蚯蚓人的形象描绘是很准确且生动的。

乌先生接着说:

"他就像一具石磨。从出土的明器看,汉代的石磨和现在的没有什么不同。现在已经是原子时代——"

莫先生抢过话来,说:

"原子时代也还容许有汉代的石磨,石磨可以磨豆浆,——你今天早上就喝了豆浆!"

他们争执不下,转过来问我对卖蚯蚓的人的"价值"、"存在"有什么看法。

我说:

"我只是想了解了解他。我对所有的人都有兴趣,包括站在时代的前列的人和这个汉俑一样的卖蚯蚓的人。这样的人在北京还不少。他们的成分大概可以说是城市贫民。糊火柴盒的、捡破烂的、捞鱼虫的、晒槐米的……我对他们都有兴趣，都想了解。我要了解他们吃什么和想什么。用你们的话说，是他们的物质生活和精神生活。吃什么，我知道一点。比如这个卖蚯蚓的老人，我知道他的胃口很好，吃什么都香。他一嘴牙只有一个活动的。他的牙很短、微黄，这种牙最结实，北方叫做'碎米牙'，他说：'牙好是口里的福。'我知道他今天早上吃了四个炸油饼。他中午和晚上大概常吃炸酱面，一顿能吃半斤，就着一把小水萝卜。他大概不爱吃鱼。至于他想些什么，我就不知道了，或者知道得很少。我是个写小说的人，对于人，我只能想了解、欣赏，并对他进行描绘，我不想对任何人作出论断。像我的一位老师一样，对于这个世界，我所倾心的是现象。我不善于作抽象的思维。我对人，更多地注意的是他的审美意义。你们可以称我是一个生活现象的美食家。这个卖蚯蚓的粗壮的老人，骑着车，吆喝着'蚯蚓——蚯蚓来！'不是一个丑的形象。——当然，我还觉得他是个善良的，有古风的自食其力的劳动者，他至少不是社会的蛀虫。"

这时忽然有一个也常在玉渊潭散步的学者模样的中年人

插了进来,他自我介绍:

"我是一个生物学家。—— 我听了你们的谈话。从生物学的角度,是不应鼓励挖蚯蚓的。蚯蚓对农业生产是有益的。"

我们全都傻了眼了。

一九八三年四月一日写成

注释

① 本篇原载《钟山》1983年第四期。初收《晚饭花集》,人民文学出版社,1985年3月。

兽 医[①]

姚有多是本城有名的兽医（本城兽医不多），外号"姚六针"。他给牲口治病主要是扎针，六针见效。他不像一般兽医，要把牲口在杠子上吊起来，而只是让牲口卧着，他用手在牲口肚子上摸摸，用耳朵贴在肠胃部分听听，然后从针包里抽出一尺长的针，噌噌噌，照牲口肚子上连下三针，牲口便会放一连串响屁，拉好些屎；接着再抽出三根针，噌噌噌，又下三针，牲口顿时就浑身大汗；最后，把事先预备好的稻草灰，用笤帚在牲口身上拍一遍，不到一会儿，牲口就能挣扎着站起来，好了！

围着看的人都说："真绝！"

据姚有多说：前三针是"通"，牲口得病，大都在肠，肠梗阻、肠套结什么的，肠子通了，百病皆除。后三针是

"补"——"扎针还能补？""能，不补则虚，虚则无力。"他有时也用药，用一个木瓢把草药给骡马灌下去，也不煎，也不煮，叫牲口干吞。好家伙，那么一瓢药，够牲口嚼的。吃完，把牲口领起来遛几圈，牲口打几个响鼻，又开始吃青草了。

姚有多每天起来很早，一起来先绕着城墙走一圈，然后到东门里王家亭子的空地上练两套拳。他说牲口一挨针扎，会踢人，兽医必须会武功。能蹿能跳，防身。

姚有多的女人前两年得病死了，没有留下孩子，他一个人过。

谁都知道姚有多不缺钱，但是他的生活很简朴。早上一壶茶，三个肉包子，本地人把这种吃法叫作"一壶三点"；中午大都是在吴大和尚的饺面店里吃一碗面，两个糖酥烧饼；晚饭就更简单了，喝粥。本地很多人家每天都是"两粥一饭"。

他不喝酒，不打牌。白天在没有人来请医的时候，看看熟人；晚上到保全堂药店听一个叫张汉轩的万事通天南地北地闲聊。

一天下午，姚有多在刘春元绒线店的廊檐外，看到一个卖油条的孩子跟一位老者下象棋。老者胡子花白，孩子也就是六七岁。一盘棋下了一半，花白胡子已经招架不住，手忙脚乱，败局已定。旁观的人全都哈哈大笑。

收拾了棋盘棋子，姚有多问孩子："你是小顺子吧？"

"你怎么知道？"

"你还戴着你爹的孝呢！——长得也像。"

"你认识我爹？"

"我们从前是很好的朋友。"

"你是姚二叔。"

"你认识我？"

"谁不认识！"

"你妈还好？"

"还好。"

"小顺子，回去跟你妈说，你也不小了，不能老是卖油条。问她愿不愿让你跟我学兽医。我看你挺聪明。准能学成个好兽医！"

"欸！得罪你啦，二叔！"

顺子前年死了爹，剩下母子二人相依为命。顺子卖油条，他妈给人洗衣裳。

顺子的爹生前租下两间房，这房的特点是门外有一口青麻石井栏的井,这样用起水来非常方便。顺子妈每天大件大件地洗,洗完了晾在井边的竹竿上。顺子妈洗的被褥干净,叠的衣服整齐,来找她拆洗的人很多。

顺子妈干什么都既从容又利落,动作很快,本地人管这样的人叫"刷刮"。

顺子妈长得很脱俗,个子稍高,肩背都瘦瘦薄薄的。她只有几件布衣裳,但是可体合身。发髻一边插一朵绒线小白花,是给亡夫戴的孝。她的鞋面是银灰色的,这双银灰色的鞋,使她有一种说不出的风韵。

顺子妈和街坊处得很好,有求她裁一身衣服的,"替"一双鞋样的,绞个脸的,她无不答应 —— 本地新娘子出嫁前要用两根白线把脸上的汗毛"绞"了,显出额头,叫作"绞脸"。但是她很少到人家串门,因为她是个"半边人"(本地称寡妇为"半边人"),怕人家忌讳。她经常走动、聊天说话的是隔壁的金大娘,开茶炉子卖开水的金大力的老婆,金大娘心善人好只是话多,爱管闲事。

一天晚上,顺子妈把晾干的衣裳已经叠好,金大娘的茶炉子来买水的人也不多了,她就过来找金大娘闲聊 —— 她们是紧邻。

"二嫂子,"金大娘总是叫顺子妈为二嫂子,"我有句话,不知当讲不当讲。讲错了,你别生气。"

"你说。"

"你也该往前走一步了。"

本地把寡妇改嫁叫"往前走一步"。

"我不是没有想过,只是忘不了死鬼。"

"你不能守一辈子!"

"再说,也没有合适的人。我怕进来一个后老子,待顺子不好,那我这心里就如刀剜了!"

"合适的人?有!"

"谁?"

"姚有多。他前些时还想收顺子当徒弟,不会苦了孩子。"

"我想想。"

"想想!过两天给我个回话,摇头不是点头是!"

姚有多原来也没有往这件事上想过,金大娘一提,他心动了,走过来走过去,总要向井台上看看。他这才发现,顺子妈长得这样素雅,他的心怦怦直跳。

顺子妈在洗衣裳,听到姚有多的脚步声,不免也抬眼看了看。

事情就算定了。

顺子妈除了孝,把发髻边的小白花换成一朵大红剪绒的喜字,脱了银灰色的旧鞋,换了一双绣了秋海棠的新鞋,就像换了一个人。

刘春元绒线店的刘老板,保全堂药店的卢管事算是媒人。

顺子妈亲自办了两桌席谢媒。

把客人送走,洗了碗碟,月亮上来了。隔着房门听听,顺子已经呼呼大睡。

顺子妈轻轻闩上房门。姚有多已经上床。

顺子妈吹了灯,借着月光,背过身来,解开钮扣……

注释

① 本篇原载《十月》1995年第四期。初收《矮纸集》,长江文艺出版社,1996年3月。

瞎　鸟[①]

经常到玉渊潭遛鸟 —— 遛画眉的，有这几位：

老秦、老葛。他们固定的地点在东堤根底下。堤下有几棵杨树，可以挂鸟。有几个树墩子，可以坐坐。一边是苗圃，空气好。一边是一片杂草，开着浅蓝色的、金黄色的野花。他们选中这地方，是因为可以在草丛里捉到喂鸟的活食 —— 蛐蛐、油葫芦。老葛说："鸟到了我们手里，就算它有造化！"老葛来得早，走得也早，他还不到退休年龄，赶八点钟还得回去上班。老秦已经"退"了。可以晚一点走。他有个孙子，他来遛鸟，孙子说："爷爷，你去遛鸟，给我逮俩玩艺儿。"老秦每天都要捉一两个挂大扁、唧嘹。实在没有，至少也得逮一个"老道"——一种黄蝴蝶。他把这些玩艺儿放在一个旧窗纱做的小笼里。老秦、老葛都是只带一个画眉来。

堤面上的一位，每天蹬了自备的小三轮车来。他这三轮真是招眼：座垫、靠背都是玫瑰红平绒的，车上的零件锃亮。他每天带四个鸟来，挂在柳树上。他自己就坐在车上架着二郎腿，抽烟，看报，看人——看穿了游泳衣的女学生。他的鸟叫得不怎么样，可是鸟笼真讲究，一色是紫漆的，洋金大抓钩。鸟食罐都是成堂的，绣墩式的、鱼缸式的、腰鼓式的；粉彩是粉彩，斗彩是斗彩，釉红彩是釉红彩，叭狗、金鱼、公鸡。

南岸是鸟友们会鸟的地方。湖边有几十棵大洋槐树，树下一片小空场，空场上石桌石凳。几十笼画眉挂在一起，叫成一片。鸟友们都认识，挂了鸟，就互相聊天。其中最活跃的有两位。一个叫小庞，其实也不小了，不过人长得少相。一个叫陈大吹，因为爱吹。小庞一逗他，他就打开了话匣子。陈大吹是个鸟油子。他养的鸟很多。每天用自行车载了八只来，轮流换。他不但对玉渊潭的画眉一只一只了如指掌，哪只有多少"口"，哪只的眉子齐不齐，体肥还是体瘦，头大还是头小，哪一只从谁手里买的，花了多少钱，一清二楚，就是别处有什么出了名的鸟，天坛城根的，月坛公园的，龙潭湖的，他也能说出子午卯酉。大家爱跟他近乎，还因为他每天带了装水的壶来。一个三磅热水瓶那样大的浅黄色的硬塑料瓶,有个很严实的盖子,盖子上有一个弯头的管子,攥着壶,手一仄歪,就能给水罐里加上水,极其方便。他提溜着这个壶,看谁笼里水罐里水浅了,就给加一点。他还有个脾气,爱和别人换鸟。养鸟的有这个规矩,你看上我的鸟,我看上你的了,咱俩就可以换。有的愿意贴一点钱,一张(拾元)、两张、三张。说好了,马上就掏。随即开笼换鸟。一言为定,永不反悔。

老王,七十多岁了,原来是勤行——厨子,他养了一只画眉。他不大懂鸟,不知怎么误打误撞的叫他买到了这只鸟。这只画眉,官称"鸟王"。不但口全——能叫"十三套",而且非常响亮,一摘开笼罩,往树上一挂,一张嘴,叫起来没完。他每天先到东岸堤根下挂一挂,然后转到南岸。他把鸟往槐树杈上一挂,几十笼画眉渐渐都停下来了,就听它一个"人"一套一套地叫。真是"一鸟入林,众鸟压声"。老王是个穷养鸟的,他的这个鸟笼实在不怎么样,抓钩发黑,笼罩是一条旧裤子改的,蓝不蓝白不白,而且泡泡囊囊的,和笼子不合体。他后来又托陈大吹买了一只生鸟,和鸟王挂在一起,希望能把这只生鸟"压"②出来。

还有个每天来遛鸟的,叫"大裤裆"。他夏天总穿一条齐膝的大裤衩,裤裆特大。"大裤裆"独来独往,很少跟人过话。他骑车来,带四笼画眉。他爱让画眉洗澡,东堤根下有一条小沟,通向玉渊潭里湖,是为了苗圃浇水掘开的。水很浅,但很清。他把笼子放在沟底,画眉就抖开翅膀洗一阵。然后挂在杨树杈上过风;挨老王的鸟不远。他提出要用一只画眉和老王的生鸟换,老王随口说了句:"换就换!""大裤裆"开了笼门就把两只鸟换了。

老王提了两只鸟笼遛了几天,他有点纳闷:怎么"大裤裆"的这只鸟一声也不叫唤呀?他提到南岸槐树林里让大家看看。会鸟的鸟友们围过来左端详右端详:唔?这是怎么回事?陈大吹过来看了一会,隔着笼子,用手在画眉面前挥了几下,画眉一点反应也没有。陈大吹说:"你这鸟是个瞎子!"老王一跺脚:"哎哟,我上了他的当了!"陈大吹问:"你是跟谁换的?"——"大裤裆!"——"你怎么跟他换了?"——"他说'咱俩换换',我随便说了句:'换就换!'"鸟友们都很气愤。有人说:"跟他换回来!"但是,没这个规矩。

"大裤裆"骑车过南岸,陈大吹截住了他:"你可缺了大德了！你怎么拿一只瞎鸟跟老王换？人家一个孤老头子，养活两只鸟，不容易！你这不是坑人吗？"大裤裆振振有词："你管得着吗？—— 这只鸟在我手里的时候不瞎！"这是死无对证的事。你说它本来就瞎，你看见了吗？"大裤裆"登上车，疾驶而去。众鸟友议论一阵，也就散开了。

鸟友们还是每天会鸟，陈大吹还是神吹，老秦、老葛在草丛抓活食，堤面上蹬玫瑰红三轮车的主儿还是抽烟，看报，看穿了游泳衣的女学生。

老王每天提了一只鸟王、一只瞎鸟，沿湖堤遛一圈。

这以后，很少看见"大裤裆"到玉渊潭来了。

注释

① 本篇选自《笔记小说两篇》，原载《新地文学》1992年第二卷第一期。初收《汪曾祺全集》第二卷，北京师范大学出版社，1998年8月。

行商

百 蝶 图[①]

小陈三是个卖绒花的货郎。他父亲活着的时候就是个货郎，卖绒花。父亲死了，子承父业，他十六七岁就挑起货郎担卖绒花。城里人叫他小货郎，也叫他小陈。有些人叫他小陈三，则不知是什么道理。他是个独儿子，并无兄弟。也许因为他人缘好，长得聪明清秀，这么叫着亲切。他家住泰山庙。每天从家里出来，沿科甲巷，越塘，进东门，经王家亭子，过奎楼，奔南市口，在焦家巷、百岁巷、熙和巷等几条大巷子都停一停。把货郎担歇在巷口，举起羊皮拨浪鼓摇一气：布楞、布楞、布楞楞……宅门开了，走出一个大姑娘、小媳妇、老太太。

"小陈三，来了？"

"来了您哪！"

"有好花没有？"

"有！昨天刚从扬州贩来的。您瞧瞧！"

小陈把货郎担的圆笼一个一个打开，摆在扫净的阶石上让人观赏。

他的担子两头各有四层。已经用了两代人，还是严丝合缝，光泽如新，毫不走形。四层圆屉，摞得高高的，但挑起来没有多大分量，因为里面都是女人戴的花：大红剪绒的红双喜、团寿字，这是老太太要的；米珠子穿成的珠花，是少奶奶订的；绢花、通草花，颜色深浅不一，都好像真花，有的通草花上还伏了一只黑凤蝶，凤蝶触须是极细的"花丝"拧成的，拿在手里不停地颤动，好像凤蝶就要起翅飞走。小陈三一枝一枝送到大姑娘、小媳妇、老太太面前，她们能不买一两枝么？

有的姑娘媳妇是为了看两眼小陈三，才买他的花的。

货郎担的一屉放的是绣花用的彩绒丝线。

一天，小陈挑了货郎担往南城去，到了王家亭子边上，忽然下起雨来。真是瓢泼大雨！雨暴风狂，小陈站不住脚，货郎担被风刮得拧着麻花乱转。附近没有地方可以躲避，小陈三只好敲敲王家亭子的玻璃窗，问里面的王小玉，可以不可以让他进来避避雨。

"可以可以！进来进来！"

这王家亭子紧挨东门，正字应该叫做蝶园，本是王家的花园，算得是一处可以供人游赏的名胜。当年王家常在园中宴客，赋诗饮酒。后来王家渐渐衰败，子孙迁寓苏州，蝶园花木凋残，再也听不到吟诗拍曲的声音，只有"亭子"和亭前的半亩荷塘却保留了下来。所谓"亭子"实是一座五间的大厅。大厅四面开窗，十分敞亮。王家把大厅（包括全堂红木家具）和荷塘交给原来的管家老王头看管。清明上坟，偶尔来蝶园看看，平常是不来的。

小陈的上衣都湿透了，小玉叫他脱下来，在小缸灶里抓了一把柴禾，把小陈三的湿衣服搭在烘笼上烤着，扔给他一条手巾，叫他擦擦身上的雨水，给他一件父亲老王头的旧上衣，叫他披披。缸灶火上还炖了一壶茶水——老王头是喝茶的。还好，圆笼里的花没有湿了，但是怕受了潮气，闷得退了色，小玉还是帮小陈一屉一屉揭开，平放在红木条案上。

雨还在下。

小陈说："这雨！"

小玉说："这雨！"

"你一个人，不怕？"

"不怕！怕什么？"

小玉的父亲常常出去，给王家料理一点杂事：完钱粮、收佃户送来的租稻……找护国寺的老和尚聊天、有时还找老朋友喝个小酒，回来时往往是月亮照着城墙垛子了。

小玉胆很大。王家亭子紧挨着城墙，城外荒坟累累，还是杀人的刑场，鬼故事很多，她都不相信，只有一个故事，使她觉得很凄凉：一个外地人赶夜路，到了东门外，想抽一袋烟。前面有几个人围着一盏油灯。赶路人装了一袋烟，凑过去点个火。不想叭叽了半天，烟不着，他用手摸摸火苗，火是凉的！这几个是鬼！外地人赶紧走，鬼在他身后哈哈大笑。小玉时常想起凉的火、鬼哈哈大笑。但是她并不汗毛直竖。这个鬼故事有一种很美的东西，叫她感动。

小玉的母亲死得早，她十四岁就支撑门户，打里打外，利利落落，凡事很有决断。

母亲是个绣花女工，小玉从小就学会绣花。手很巧，平针、"乱孱"、挑花、"纳锦"都会。绣帐檐、门帘、枕头顶，都成。她能出样子、配颜色，在县城里有些名气，"打子儿"、"七色晕"，她为甄家即将出阁的小姐绣的一对门帘飘带赢得很多人称赞。白缎地子，平金纳锦飞龙。难的是龙的眼睛，眼珠是桂圆核壳钉上去的。桂圆核壳剪破，打了眼，头发丝缝缀。桂圆核很不好剪，一剪就破，又要一般大，一样圆，剪坏了好多桂圆，才能选出四颗眼珠。白地、金龙、乌黑闪亮的龙眼睛，神气活现。

小陈三看王小玉的绣活，王小玉看小货郎的绒花。喝着老王头的土叶茶，说着话，雨停了，小陈的上衣也干了，小陈告辞。小玉送到门口：

"常来！"

"哎，来！"

小陈果然常来歇脚。他们说了很多话，还结伴到扬州辕门桥去过几次。小陈办货，小玉买彩绒丝线。

王小玉是个美人，长得就像王家亭子前才出水的一箭荷花骨朵，细皮嫩肉，一笑俩酒窝。但是你最好不要招惹她。她双眼一瞪，够你小子哆嗦一会子，她会拿绣花针给你身上留下一点记号。

都说王小玉和小陈三是天生的一对。

小玉对小陈是喜欢的，认为他本小利薄，但是是一个有志气、有出息的后生。小玉对她自己的，也是小陈三的前途有个"远景规划"。她叫小陈在南市口租一个门面,当中是店堂,两边设两个玻璃砖面的小柜台。一边卖她的绣活,小陈帮她接活,记账;一边还可以由小陈卖绒花丝线。小陈可以不必再挑货郎担——愿意挑也可以,只是一天磨鞋底子,太辛苦了。兢兢业业,做上几年,小日子会红火起来的。"斗升之家"还能指望什么呢?

对小玉的"蓝图",小陈表示完全同意,只是:

"太委屈你了!"

"我愿意!"

有一个人不愿意。

谁?

小陈的妈。

小陈的父亲死得早,妈年轻守寡。她是个非常要强的女人。她眼睛有病,双眼有翳——白内障,见人只模模糊糊看见脸,眉眼分不太清,对面来人,听说话才知道是谁。就这样,她还一天不拾闲,忙忙碌碌,家里收拾得"一水也似的"。儿子爱王小玉,她知道,因为儿子早在她耳朵跟前夸小玉,怎么好看,怎么能干,什么事都拿得起,放得下。老太太只是听着,不言语,转着灰白的眼珠子,好像想什么心事。

王小玉给孙家四小姐绣了一个幔帐。这孙四小姐是个很讲究的，欣赏品味很高的才女，衣着都别出心裁，不落俗套。她曾经让小玉绣过一"套"旗袍。一套三件。她一天三换衣，但是乍看看不出来。三件都绣的是白海棠，早起，海棠是骨朵；中午，海棠盛开了；晚上，海棠开败了。她要出嫁了，要小玉绣一个幔帐。她讨厌凤穿牡丹这样大红大绿的花样，叫小玉给她绣一幅"百蝶图"。她收藏了一套《滕王蛱蝶》大册页，叫小玉照着绣。

小玉花了一个月，绣得了，张挂在王家亭，请孙四小姐来验看。孙四小姐一进门，失声说了一个字："好！"王小玉绣的《百蝶图》轰动一城，来看的人很多。

小陈三的妈也来了。经过一个眼科名医金针拨治，她的眼睛好多了，已经能看清楚黄瓜茄子。她凑近去细看了《百蝶图》，越看越有气。

小陈跟老太太提出要把小玉娶过来，他妈瞪着浑浊的眼睛喊叫起来：

"不行！"

小玉太好看，太聪明，太能干，是个人尖子。她的家里，绝对不能有个人尖子。她不能接受，不能容忍！

她宁可要一个窝窝囊囊的平庸的儿媳。

来了一个人尖子,把她往哪儿搁?

"你要娶王小玉,除非等我死了!"

小陈三不明白母亲为什么生那么大的气。小陈是个孝子。"顺者为孝"。他只好听妈的,没有在家里吵嚷吼叫,日子过得还是平平静静的。但是小陈的妈知道,他儿子和妈之间在感情上发生了很大的变化,她知道儿子对她有一种刻骨的怨恨。他一天不说话。他们的关系已经不是母亲和儿子,而是仇敌。

小陈的妈有时也觉得做了一件错事。她也想求儿子原谅她,但是,决不! 她没有错!

她为什么有如此恶毒的感情,连她自己也莫名其妙。

一九九六年七月二十三日

注释

① 本篇原载《中国作家》1996年第六期。初收《汪曾祺全集》第二卷,北京师范大学出版社,1998年8月。

汗

陈 银 娃[①]

农民大都能赶车,但不是所有的农民都能当一个出色的车倌。

星期天,有三辆马车要到片石山去拉石头。我那天没有什么事,就提出跟他们的车到片石山看看。我在这个地方住了一年多了,每天上午十一点半,下午五点半,都听见片石山放炮。风雨无阻,准时不误。一直想去看看。片石山就是采石场。不知道为什么本地人都叫它片石山。

马车一进山,不由得人要挺挺胸脯,深吸一口气。这是个雄壮的地方。采石的山头已经劈去了半个,露出扇面一样的青灰色的石骨,间或有几条铁锈色蜿蜒的纹道。这石骨是第一次接触空气呀。人,是了不起的。一个老把式正在清除残石。放了炮,并不是所有的石头都崩落下来,有一些仍粘连在石壁上。老把式在腰里系了一根粗绳,绳头固定在山顶,他悬在半空,拿了一根钢钎,这里捅一下,那里戳一下,——轰隆! 门板大的石块就从四五层楼那样的高处落到地面。

这是个石头的世界。到处是石头。

好些人在干活,搬运石头。他们把石头按大小块分别堆放。这些石头各有不同用处。大的可制碾盘、磨扇,重量都在千斤以上。有两个已经斲好的石磨就在旁边搁着。中等的有四五百斤,可做阶石、刻墓碑。小块的二三十斤、四五十斤不等,砌墙,垒堤坝。搬运石头,没有工具。四五百斤,就是搁在后腰上背着,—— 有的垫一条麻袋。他们都是不出声地,慢慢地,一步一步地走着。不唱歌,也不喊号子。那么多的人在活动,可是山里静悄悄的。

三辆大车装满了石头,—— 都是小块的。下山的路,车走得很快。三辆三套大车,前后相跟,九匹马,三十六只马蹄,郭答郭答响成一片,很威风,很气派。忽然,头一辆车"误"住了。快到平地时,有一个坑。前天下过雨,积水未干。不知道是谁,拿浮土把它垫了。上山是空车,不觉得。下山是重载,一下子崴在里面了。

车倌是个很精干,也很要强的小伙子。叭 —— 叭! 接连抽了几鞭子，——没上来。他跳下车，拿铁锹把胶皮轱辘前面的土铲去一些，上车又是几鞭子。"哦嗬！——咦哦嗬！"不顶！车倌的脸通红，"咳！我日你妈！"手里的鞭子抽得山响，辕马和拉套的马一齐努力，马蹄子乱响，噼哩叭啦！噼哩叭啦！还是不顶！越陷越深，车身歪得厉害，眼见得这辆车要"扣"。第二辆车上的是个老车倌，跳下来，到前面看了看，说："卸吧！"

这一车石头，卸下来，再装上，得多少时候？正在这时，第三辆上的车倌高声喊道："陈银娃来啦！"

我听人们说起过陈银娃，没见过。

陈银娃是个二十五六的小伙子，眉清目秀，穿了一副大红牡丹花的"腰子"，布衫搭在肩头。——这一带夏天一天温差很大，"早穿皮袄午穿纱"，男人们兴穿一种薄棉的紧身背心，叫做"腰子"。"腰子"的布料都很鲜艳。六七十岁的老汉也穿红的，年轻人就不用提了。像陈银娃穿的这件大红牡丹花的"腰子"，并非罕见。

老车倌跟银娃说了几句话。银娃看了看车上的石头，说："你们真敢装！这一车够四千八百斤！"又看了看三匹马，称赞道："好牲口！"然后掏出烟袋，点了一锅烟，说："牲口打毛了,它不知道往哪里使劲,让它缓一缓。"

三锅烟抽罢,他接过鞭子,腾地跳上车辕,甩了一个响鞭,"叭——!"三匹牲口的耳朵都竖得直直的。"喔喇!"辕马的肌肉直颤。紧接着,他照着辕马的两肩之间狠抽了一鞭,辕马全身力量都集中在两只前腿上,往前猛力一蹬,挽套的马就势往前一冲,—— 车上来了。

他跳下车,把鞭子还给车倌。

三个车倌同声向他道谢,"嗳!谢啥咧!"他已经走进了高粱地。只见他的黑黑的头发和大红牡丹花的"腰子"在油绿油绿的高粱丛中一闪一闪,走远了。

老车倌告诉我,陈银娃赶车是家传,他父亲就是一个有名的车倌。有人曾经跟他打赌:那人戴了一顶毡帽,银娃的父亲一鞭子抽过去,毡帽劈成了两半,那人的头皮却纹丝未动。

也有人说,没有那么回事。

注释

① 本篇选自《塞下人物记》,原载《北京文艺》1980年第九期。初收《汪曾祺短篇小说选》,北京出版社,1982年2月。

小 吕[①]

小吕是果园的小工。这孩子长得清清秀秀的。原在本堡念小学。念到六年级了,忽然跟他爹说不想念了,要到农场做活去。他爹想:农场里能学技术,也能学文化,就同意了。后来才知道,他还有个心思。他有个哥哥,在念高中,还有个妹妹,也在上学。他爹在一个医院里当炊事员。他见他爹张罗着给他们交费,买书,有时要去跟工会借钱,他就决定了:我去作活,这样就是两个人养活五个人,我哥能够念多高就让他念多高。

这样,他就到农场里来做活了。他用一个牙刷把子,截断了,一头磨平,刻了一个小手章:吕志国。每回领了工资,除了伙食、零用(买个学习本,配两节电池……),全部交给他爹。有一次,不知怎么弄的(其实是因为他从场里给家里买了不少东西：菜，果子），拿回去的只有一块五毛钱。他爹接过来，笑笑说：

"这就是两个人养活五个人吗？"

吕志国的脸红了。他知道他偶然跟同志们说过的话传到他爹那里去了。他爹并不是责怪他，这句嘲笑的话里含着疼爱。他爹想：困难是有一点的，哪里就过不去呢？这孩子！究竟走怎样一条路好：继续上学？还是让他在这个农场里长大起来？

小吕已经在农场里长大起来了。在菜园干了半年，后来调到果园，也都半年了。

在菜园里，他干得不坏，组长说他学得很快，就是有点贪玩。调他来果园时，征求过他本人的意见，他像一个成年的大工一样，很爽快地说："行！在哪里干活还不是一样。"乍一到果园时，他什么都不摸头，不大插得上手，有点别扭。但没过多久，他就发现，原来果园对他说来是个更合适的地方。果园里有许多活，大工来做有点窝工，一般女工又做不了，正需要一个伶俐的小工。登上高凳，爬上树顶，绑老架的葡萄条，果树摘心，套纸袋，捉金龟子，用一个小铁丝钩疏虫果，接了长长的竿子喷射天蓝色的波尔多液……在明丽的阳光和葱笼的绿叶当中做这些事，既是严肃的工作，又是轻松的游戏，既"起了作用"，又很好玩，实在叫人快乐。这样的活，对于一个十四岁的孩子，不论在身体上、情绪上，都非常相投。

小吕很快就对果园的角角落落都熟悉了。他知道所有果木品种的名字：金冠、黄奎、元帅、国光、红玉、祝；烟台梨、明月、二十世纪；蜜肠、日面红、秋梨、鸭梨、木头梨；白香蕉、柔丁香、老虎眼、大粒白、秋紫、金铃、玫瑰香、沙巴尔、黑汗、巴勒斯坦、白拿破仑……而且准确地知道每一棵果树的位置。有时组长给一个调来不久的工人布置一件工作，一下子不容易说清那地方，小吕在旁边，就说："去！小吕，你带他去，告诉他！"小吕有一件大红的球衣，干活时他喜欢把外面的衣裳脱去，于是，在果园里就经常看见通红的一团，轻快地、兴冲冲地弹跳出没于高高低低、深深浅浅的丛绿之中，惹得过路的人看了，眼睛里也不由得漾出笑意，觉得天色也明朗，风吹得也舒服。

小吕这就真算是果园的人了。他一回家就是说他的果园。他娘、他妹妹都知道，果园有了多少年了，有多少棵树，单葡萄就有八十多种，好多都是外国来的。葡萄还给毛主席送去过。有个大干部要路过这里，毛主席跟他说："你要过沙岭子，那里葡萄很好啊！"毛主席都知道的。果园里有些什么人，她们也都清清楚楚的了，大老张、二老张、大老刘、陈素花、恽美兰……还有个张士林！连这些人的家里的情形，他们有什么能耐，她们也都明明白白。连他爹对果园熟悉得也不下于他所在的医院了。他爹还特为上农场来看过他儿子常常叨念的那个年轻人张士林。他哥放暑假回来，第二天，他就拉他哥爬到孤山顶上去，指给他哥看：

"你看，你看！我们的果园多好看！一行一行的果树，一架一架的葡萄，整整齐齐，那么大一片，就跟画报上的一样，电影上的一样！"

小吕原来在家里住。七月，果子大起来了，需要有人下夜护秋。组长照例开个会，征求大家的意见。小吕说，他愿意搬来住。一来夏天到秋天是果园最好的时候。满树满挂的果子，都着了色，发出香气，弄得果园的空气都是甜甜的，闻着都醉人。这时节小吕总是那么兴奋，话也多，说话的声音也大，好像家里在办喜事似的。二来是，下夜，睡在窝棚里，铺着稻草，星星，又大又蓝的天，野兔子窜来窜去，鹁鸪悠③叫，还可能有狼！这非常有趣。张士林曾经笑他："这小子，浪漫主义！"还有，搬过来，他可以和张士林在一起，日夜都在一起。

他很佩服张士林。曾经特为去照了一张相,送给张士林,在背面写道:"给敬爱的士林同志!"他用的字眼是充满真实的意思的。他佩服张士林那么年轻,才十九岁,就对果树懂得那么多。不论是修剪,是嫁接,都拿得起来,而且能讲一套。有一次林业学校的学生来参观,由他领着给他们讲,讲的那些学生一楞一楞的,不停地拿笔记本子记。领队的教员后来问张士林:"同志,你在什么学校学习过?"张士林说:"我上过高小。我们家世代都是果农,我是在果树林里长大的。"他佩服张士林说玩就玩,说看书就看书,看那么厚的,比一块城砖还厚的《果树栽培学各论》。佩服张士林能文能武,正跟场里的技术员合作搞试验,培养葡萄抗寒品种,每天拿个讲义夹子记载。佩服张士林能"代表"场里出去办事。采花粉呀,交换苗木呀……每逢张士林从场长办公室拿了介绍信,背上他的挎包,由宿舍走到火车站去,他就在心里非常羡慕。他说张士林是去当"大使"去了。小张一回来,他看见了,总是连蹦带跳地跑到路口去,一面接过小张的挎包,一面说:"嗬! 大使回来了!"

他愿意自己也像一个真正的果园技工。可是自己觉得不像。缺少两样东西：一样是树剪子。这里凡是固定在果园做活的，每人都有一把树剪子，装在皮套子里，挎在裤腰带后面，远看像支伯朗宁手枪。他多希望也有一把呀，走出走进 —— 赫！可是他没有。他也有使树剪子的时候。大的手术他不敢动，比如矫正树形，把一个茶杯口粗细的枝丫截掉，他没有那么大的胆子。像是丁个头什么的，这他可不含糊，拿起剪子叭叭地剪。只是他并不老使树剪子，因此没有他专用的，要用就到小仓库架子上去拿"官中"剪子。这不带劲！"官中"的玩意儿总是那么没味道，而且，当然总是，不那么好使。净"塞牙"，不快，费那么大劲，还剪不断。看起来倒像是你不会使剪子似的！气人。

组长大老张见小吕剪两下看看他那剪子，剪两下看看他那剪子，心里发笑。有一天，从他的锁着的柜子里拿出一把全新的苏式树剪，叫："小吕！过来！这把剪子交给你，由你自己使：钝了自己磨，坏了自己修，绷簧掉了 —— 跟公家领，可别老把绷簧搞丢了。小人小马小刀枪，正合适！"周围的人都笑了：因为这把剪子特别轻巧，特别小。小吕这可高了兴了，十分得意地说："做啥像啥，卖啥吆喝啥嘛！"这算了了一桩心事。

自从有了这把剪子，他真是一日三摩挲。除了晚上脱衣服上床才解下来，一天不离身。没事就把剪子拆开来，用砂纸打磨得铮亮，拿在手里都是精滑的。

今天晚上没事，他又打磨他的剪子了，在216次火车过去以前，一直在细细地磨。磨完了，涂上一层凡士林，用一块布包起来 —— 明年再用。葡萄条已经铰完，今年不再有使剪子的活了。

另外一样，是嫁接刀。他想明年自己就先练习削树码子，练得熟熟的，像大老刘一样！也不用公家的刀，自己买。用惯了，趁手。他合计好了：把那把双箭牌塑料把的小刀卖去，已经说好了，猪倌小白要。打一个八折。原价一块六，六八四十八，八得八，一块二毛八。再贴一块钱，就可以买一把上等的角柄嫁接刀！他准备明天就去托黄技师，黄技师两三天就要上北京。

注释

① 本篇选自《羊舍一夕》，原载《人民文学》1962年六月号。初收《羊舍的夜晚》，中国少年儿童出版社1963年1月；又收《汪曾祺短篇小说选》，北京出版社，1982年2月，文字有较大改动。

卫生设备

葡萄月令[①]

一月,下大雪。

雪静静地下着。果园一片白。听不到一点声音。

葡萄睡在铺着白雪的窖里。

二月里刮春风。

立春后,要刮四十八天"摆条风"。风摆动树的枝条,树醒了,忙忙地把汁液送到全身。树枝软了。树绿了。

雪化了,土地是黑的。

黑色的土地里,长出了茵陈蒿。碧绿。

葡萄出窖。

把葡萄窖一锹一锹挖开。挖下的土,堆在四面。葡萄藤露出来了,乌黑的。有的梢头已经绽开了芽苞,吐出指甲大的苍白的小叶。它已经等不及了。

把葡萄藤拉出来,放在松松的湿土上。

不大一会,小叶就变了颜色,叶边发红;——又不大一会,绿了。

三月,葡萄上架。

先得备料。把立柱、横梁、小棍,槐木的、柳木的、杨木的、桦木的,按照树棵大小,分别堆放在旁边。立柱有汤碗口粗的、饭碗口粗的、茶杯口粗的。一棵大葡萄得用八根,十根,乃至十二根立柱。中等的,六根、四根。

先刨坑,竖柱。然后搭横梁,用粗铁丝摽紧。然后搭小棍,用细铁丝缚住。

然后,请葡萄上架。把在土里趴了一冬的老藤扛起来,得费一点劲。大的,得四五个人一起来。"起!——起!"哎,它起来了。把它放在葡萄架上,把枝条向三面伸开,像五个指头一样的伸开,扇面似的伸开。然后,用麻筋在小棍上固定住。葡萄藤舒舒展展,凉凉快快地在上面呆着。

上了架,就施肥。在葡萄根的后面,距主干一尺,挖一道半月形的沟,把大粪倒在里面。葡萄上大粪,不用稀释,就这样把原汁大粪倒下去。大棵的,得三四桶。小葡萄,一桶也就够了。

四月,浇水。

挖窨挖出的土,堆在四面,筑成垄,就成一个池子。池里放满了水。葡萄园里水气泱泱,沁人心肺。

葡萄喝起水来是惊人的。它真是在喝哎! 葡萄藤的组织跟别的果树不一样,它里面是一根一根细小的导管。这一点,中国的古人早就发现了。《图经》云:"根苗中空相通。圃人将货之,欲得厚利,暮溉其根,而晨朝水浸子中矣,故俗呼其苗为木通。""暮溉其根,而晨朝水浸子中矣",是不对的。葡萄成熟了,就不能再浇水了。再浇,果粒就会涨破。"中空相通"却是很准确的。浇了水,不大一会,它就从根直吸到梢,简直是小孩嘬奶似的拼命往上嘬。浇过了水,你再回来看看吧:梢头切断过的破口,就嗒嗒地往下滴水了。

是一种什么力量使葡萄拼命地往上吸水呢?

施了肥,浇了水,葡萄就使劲抽条、长叶子。真快! 原来是几根根枯藤,几天功夫,就变成青枝绿叶的一大片。

五月，浇水，喷药，打梢，掐须。

葡萄一年不知道要喝多少水，别的果树都不这样。别的果树都是刨一个"树碗"，往里浇几担水就得了，没有像它这样的："漫灌"，整池子的喝。

喷波尔多液。从抽条长叶，一直到坐果成熟，不知道要喷多少次。喷了波尔多液，太阳一晒，葡萄叶子就都变成蓝的了。

葡萄抽条，丝毫不知节制，它简直是瞎长！几天功夫，就抽出好长的一节的新条。这样长法还行呀，还结不结果呀？因此，过几天就得给它打一次条。葡萄打条，也用不着什么技巧，是个人就能干，拿起树剪，劈劈啪啪，把新抽出来的一截都给它铰了就得了。一铰，一地的长着新叶的条。

葡萄的卷须，在它还是野生的时候是有用的，好攀附在别的什么树木上。现在，已经有人给它好好地固定在架上了，就一点用也没有了。卷须这东西最耗养分，——凡是作物，都是优先把养分输送到顶端，因此，长出来就给它掐了，长出来就给它掐了。

葡萄的卷须有一点淡淡的甜味。这东西如果腌成咸菜，大概不难吃。

五月中下旬，果树开花了。果园，美极了。梨树开花了，苹果树开花了，葡萄也开花了。

都说梨花像雪，其实苹果花才像雪。雪是厚重的，不是透明的。梨花像什么呢？——梨花的瓣子是月亮做的。

有人说葡萄不开花，哪能呢？只是葡萄花很小，颜色淡黄微绿，不钻进葡萄架是看不出的。而且它开花期很短。很快，就结出了绿豆大的葡萄粒。

六月，浇水、喷药、打条、掐须。

葡萄粒长了一点了，一颗一颗，像绿玻璃料做的纽子。硬的。

葡萄不招虫。葡萄会生病，所以要经常喷波尔多液。但是它不像桃，桃有桃食心虫；梨，梨有梨食心虫。葡萄不用疏虫果。——果园每年疏虫果是要费很多工的。虫果没有用，黑黑的一个半干的球，可是它耗养分呀！所以，要把它"疏"掉。

七月，葡萄"膨大"了。

掐须、打条、喷药，大大地浇一水。

追一次肥。追硫砹。在原来施粪肥的沟里撒上硫砹。然后,就把沟填平了,把硫砹封在里面。

汉朝是不会追这次肥的。汉朝没有硫砹。

八月,葡萄"著色"。

你别以为我这里是把画家的术语借用来了。不是的。这是果农的语言,他们就叫"著色"。

下过大雨,你来看看葡萄园吧,那叫好看!白的像白玛瑙,红的像红宝石,紫的像紫水晶,黑的像黑玉。一串一串,饱满、磁棒、挺括,璀璨琳琅。你就把《说文解字》里的玉字偏旁的字都搬了来吧,那也不够用呀!

可是你得快来!明天,对不起,你全看不到了。我们要喷波尔多液了。一喷波尔多液,它们的晶莹鲜艳全都没有了,它们蒙上一层蓝兮兮、白糊糊的东西,成了磨砂玻璃。我们不得不这样干。葡萄是吃的,不是看的。我们得保护它。

过不两天,就下葡萄了。

一串一串剪下来,把病果、瘪果去掉,妥妥地放在果筐里。果筐满了,盖上盖,要一个棒小伙子跳上去蹦两下、用麻筋缝的筐盖。——新下的果子,不怕压,它很结实,压不坏。倒怕是装不紧，逛里逛当的。那，来回一晃悠，全得烂！

葡萄装上车，走了。

去吧，葡萄，让人们吃去吧！

九月的果园像一个生过孩子的少妇，宁静、幸福，而慵懒。

我们还给葡萄喷一次波尔多液。哦，下了果子，就不管了？人，总不能这样无情无义吧。

十月，我们有别的农活。我们要去割稻子。葡萄，你愿意怎么长，就怎么长着吧。

十一月，葡萄下架。

把葡萄架拆下来。检查一下，还能再用的，搁在一边。糟朽了的，只好烧火。立柱、横梁、小棍，分别堆垛起来。

剪葡萄条。干脆得很，除了老条，一概剪光。葡萄又成了一个大秃子。

剪下的葡萄条，挑有三个芽眼的，剪成二尺多长的一截，捆起来，放在屋里，准备明春插条。

其余的，连枝带叶，都用竹笤帚扫成一堆，装走了。

葡萄园光秃秃。

十一月下旬,十二月上旬,葡萄入窖。

这是个重活。把老本放倒,挖土把它埋起来。要埋得很厚实。外面要用铁锹拍平。这个活不能马虎。都要经过验收,才给记工。

葡萄窖,一个一个长方形的土墩墩。一行一行,整整齐齐的排列着。风一吹,土色发了白。

这真是一年的冬景了。热热闹闹的果园,现在什么颜色都没有了。眼界空阔,一览无余,只剩下发白的黄土。

下雪了。我们踏着碎玻璃碴似的雪,检查葡萄窖,扛着铁锹。

一冬天,要检查几次。不是怕别的。怕老鼠打了洞。葡萄窖里很暖和,老鼠爱往这里面钻。它倒是暖和了,咱们的葡萄可就受了冷啦!

注释

① 本篇选自《关于葡萄》,原载《安徽文学》1981年第十二期。初收《汪曾祺自选集》,题为"葡萄月令",漓江出版社,1987年10月。

槐　花[①]

玉渊潭洋槐花盛开，像下了一场大雪，白得耀眼。来了放蜂的人。蜂箱都放好了，他的"家"也安顿了。一个刷了涂料的很厚的黑色的帆布篷子。里面打了两道土堰，上面架起几块木板，是床。床上一卷铺盖。地上排着油瓶、酱油瓶、醋瓶。一个白铁桶里已经有多半桶蜜。外面一个蜂窝煤炉子上坐着锅。一个女人在案板上切青蒜。锅开了，她往锅里下了一把干切面。不大会儿，面熟了，她把面捞在碗里，加了作料、撒上青蒜，在一个碗里舀了半勺豆瓣。一人一碗。她吃的是加了豆瓣的。

蜜蜂忙着采蜜，进进出出，飞满一天。

我跟养蜂人买过两次蜜，绕玉渊潭散步回来，经过他的棚子，大都要在他门前的树墩上坐一坐，抽一枝烟，看他收蜜，刮蜡，跟他聊两句，彼此都熟了。

这是一个五十岁上下的中年人，高高瘦瘦的，身体像是不太好，他做事总是那么从容不迫，慢条斯理的。样子不像个农民，倒有点像一个农村小学校长。听口音，是石家庄一带的。他到过很多省，哪里有鲜花，就到哪里去。菜花开的地方，玫瑰花开的地方，苹果花开的地方，枣花开的地方。每年都到南方去过冬，广西，贵州。到了春暖，再往北翻。我问他是不是枣花蜜最好，他说是荆条花的蜜最好。这很出乎我的意外。荆条是个不起眼的东西，而且我从来没有见过荆条开花，想不到荆条花蜜却是最好的蜜。我想他每年收入应当不错，他说比一般农民要好一些，但是也落不下多少：蜂具，路费；而且每年要赔几十斤白糖，——蜜蜂冬天不采蜜，得喂它糖。

女人显然是他的老婆。不过他们岁数相差太大了。他五十了，女人也就是三十出头。而且，她是四川人，说四川话。我问他：你们是怎么认识的？他说：她是新繁县人。那年他到新繁放蜂，认识了。她说北方的大米好吃，就跟来了。

有那么简单？也许她看中了他的脾气好，喜欢这样安静平和的性格？也许她觉得这种放蜂生活，东南西北到处跑，好耍？这是一种农村式的浪漫主义。四川女孩子做事往往很洒脱，想咋个就咋个，不像北方女孩子有那么多考虑。他们结婚已经几年了。丈夫对她好，她对丈夫也很体贴。她觉得她的选择没有错，很满意，不后悔。我问养蜂人：她回去过没有？他说：回去过一次，一个人。他让她带了两千块钱，她买了好些礼物送人，风风光光地回了一趟新繁。

一天，我没有看见女人，问养蜂人，她到哪里去了。养蜂人说：到我那大儿子家去了，去接我那大儿子的孩子。他有个大儿子，在北京工作，在汽车修配厂当工人。

她抱回来一个四岁多的男孩，带着他在棚子里住了几天。她带他到甘家口商场买衣服，买鞋，买饼干，买冰糖葫芦。男孩子在床上玩鸡啄米，她靠着被窝用勾针给他勾一顶大红的毛线帽子。她很爱这个孩子。这种爱是完全非功利的，既不是讨丈夫的欢心，也不是为了和丈夫的儿子一家搞好关系。这是一颗很善良，很美的心。孩子叫她奶奶，奶奶笑了。

过了几天，她把孩子又送了回去。

过了两天，我去玉渊潭散步，养蜂人的棚子拆了，蜂箱集中在一起。等我散步回来，养蜂人的大儿子开来一辆卡车，把棚柱、木板、煤炉、锅碗和蜂箱装好,养蜂人两口子坐上车,卡车开走了。

玉渊潭的槐花落了。

注释

① 本篇选自《人间草木》,原载《散文》1990年第三期。初收《草花集》,成都出版社,1993年9月。

卖菊花

看　画[①]

上初中的时候，每天放学回家，一路上只要有可以看看的画，我都要走过去看看。

中市口街东有一个画画的，叫张长之，年纪不大，才二十多岁，是个小胖子。小胖子很聪明。他没有学过画，他画画是看会的。画册、画报、裱画店里挂着的画，他看了一会就能默记在心。背临出来，大致不差。他的画不中不西，用色很鲜明，所以有人愿意买。他什么都画。人物、花卉、翎毛、草虫都画。只是不画山水。他不只是临摹，有时也"创作"。有一次他画了一个斗方，画一棵芭蕉，一只五彩大公鸡，挂在他的画室里（他的画室是敞开的）。这张画只能自己画着玩玩，买是不会有人买的，谁家会在家里挂一张"鸡巴图"？

他擅长的画体叫做"断简残篇"。一条旧碑帖的拓片（多半是汉隶或魏碑)、半张烧糊一角的宋版书的残页、一个裂了缝的扇面、一方端匋斋的印谱……七拼八凑,构成一个画面。画法近似"颖拓",但是颖拓一般不画这种破破烂烂的东西。他画得很逼真,乍看像是剪贴在纸上的。这种画好像很"稚",而且这种画只有他画,所以有人买。

这个家伙写信不贴邮票,信封上的邮票是他自己画的。

有一阵子,他每天骑了一匹大马在城里兜一圈,郭答郭答,神气得很。这马是一个营长的。城里只要驻兵,他很快就和军官混得很熟。办法很简单,每人送一套春宫。

1947年,我在上海先施公司二楼卖字画的陈列室看到四条"断简残篇",一看署名,正是"张长之"!这家伙混得能到上海来卖画,真不简单。

北门里街东有一个专门画像的画工,此人名叫管又萍。走进他的画室,左边墙上挂着一幅非常醒目的朱元璋八分脸的半身画,高四尺,装在镜框里。朱洪武紫棠色脸,额头、颧骨、下巴,都很突出。这种面相,叫做"五岳朝天"。双眼奕奕,威风内敛,很像一个开国之君。朱皇帝头戴纱帽,著圆领团花织金大红龙袍。这张画不但皮肤、皱纹、眼神画得很"真",纱帽、织金团龙,都画得极其工致。这张画大概是画工平生得意之作,他在画的一角用掺揉篆隶笔意的草书写了自己的名字:管又萍。若干年后,我才体会到管又萍的署名后面所挹注的画工的辛酸。画像的画工是从来不署名的。

若干年后,我才认识到管又萍是一个优秀的肖像画家,并认识到中国的肖像画有一套自成体系的肖像画理论和技法。

我的二伯父和我的生母的像都是管又萍画的。二伯父端坐在椅子上,穿著却是明朝的服装,头戴方巾,身著湖蓝色的斜领道袍。这可能是尊重二伯父的遗志,他是反满的。我没有见过二伯父,但是据说是画得很像的。我母亲去世时我才三岁,记不得她的样子,但我相信也是画得很像的,因为画得像我的姐姐,家里人说我姐姐长得很像我母亲。画工画像并不参照照片,是死人断气后,在床前直接勾描的。

然后还得起一个初稿。初稿只画出颜面,画在熟宣纸上,上面蒙了一张单宣,剪出一个椭圆形的洞,像主的面形从椭圆形的洞里露出。要请亲人家属来审查,提意见,胖了,瘦了,颧骨太高,眉毛离得远了……管又萍按照这些意见,修改之后,再请亲属看过,如无意见,即可定稿。然后再画衣服。

画像是要讲价的,讲的不是工钱,而是用多少硃砂,多少石绿,贴多少金箔。

为了给我的二伯母画像,管又萍到我家里和我的父亲谈了几次,所以我知道这些手续。

管又萍的"生意"是很好的,因为他画人很像,全县第一。

这是一个谦恭谨慎的人,说话小声,走路低头。

出北门,有一家卖画的。因为要下一个坡,而且这家的门总是关着,我没有进去看过。这家的特点是每年端午节前在门前柳树上拉两根绳子,挂出几十张钟馗。饮酒、醉眠、簪花、骑驴、仗剑叱鬼、从鸡笼里掏鸡、往胆瓶里插菖蒲、嫁妹、坐着山轿出巡……大概这家藏有不少钟馗的画稿,每年只要照描一遍。钟馗在中国人物画里是个很有人性,很有幽默感的可爱的形象。我觉得美术出版社可以把历代画家画的钟馗收集起来出一本《钟馗画谱》,这将是一本非常有趣的画册。这不仅有美术意义,对了解中国文化也是很有意义的。

新巷口有一家"画匠店"，这是画画的作坊。所生产的主要是"家神菩萨"。家神菩萨是几个本不相干的家族的混合集体。最上一层是南海观音和善财龙女。当中是关云长和关平、周仓。下面是财神。他们画画是流水作业，"开脸"的是一个人，画衣纹的是另一个人，最后加彩贴金的又是一个人。开脸的是老画匠，做下手活的是小徒弟。画匠店七八个人同时做活，却听不到声音，原来学画匠的大都是哑巴。这不是什么艺术作品，但是也还值得看看。他们画得很熟练，不会有败笔。有些画法也使我得到启发。比如他们画衣纹是先用淡墨勾线，然后在必要的地方用较深的墨加几道，这样就有立体感，不是平面的，我在画匠店里常常能站着看一个小时。

这家画匠店还画"玻璃油画"。在玻璃的反面用油漆画福禄寿或老寿星。这种画是反过来画的，作画程序和正面画完全不同。比如画脸，是先画眉眼五官，后涂肉色；衣服先画图案，后涂底子。这种玻璃油画是作插屏用的。

我们县里有几家裱画店，我每一家都要走进去看看。但所裱的画很少好的。人家有古一点的好画都送到苏州去裱。本地裱工不行,只有一次在北市口的裱画店里看到一幅王匋民写的八尺长的对子,给我留下深刻的印象。我认为王匋民是我们县的第一画家。他的字也很有特点。我到现在还说不准他的字的来源,有章草,又有王铎、倪瓒。他用侧锋写那样大的草书对联,这种风格我还没有见过。

一九九三年六月一日

注释

① 本篇原载《草花集》,成都出版社,1993年9月。

一 技①

珠 花

北门口有一家穿珠花的。我小时候，妇女出客都还兴戴珠花。每次放学路过，我总愿意到这家穿珠花的作坊里去看看。铺面很小，只有一个老师傅带两个徒弟做活。老师傅手艺非常熟练。穿珠花一般都是小珠子，—— 米珠。偶尔有定珠花的人家从自己家里拿来大珠子，比如听说有一个叫汪炳的，他娶亲时新娘子鞋尖的四颗珍珠有豌豆大！一般都没有用这样大的珠子穿珠花的，那得做别的用处，比如钉在"帽勒子"上。老师傅用小镊子拈起一颗一颗米珠，用细铜丝一穿，这种细铜丝就叫做"花丝"。看也不看，就穿成了一串，放在一边（我到现在还不明白那么小的珠子怎样打的孔）。

珠串做齐，把花丝扭在一起，左一别，右一别，加上铜托，一朵珠花就做成了。珠花有几种式样，以"凤穿牡丹"、"丹凤朝阳"最多。

现在戴珠花的几乎没有了，只有戏曲旦角演员的"头面"上还用。但大都是玻璃料珠。用真的"珍珠头面"的，恐怕很少了。

发蓝点翠

"发蓝"是在银首饰（主要是簪子）上，錾出花纹，在花纹空处，填以珐琅彩料，用吹管（这种吹管很简单，只是一个豆油灯碗，放七八根灯草，用一根铜管呼呼地吹）吹得珐琅彩料与银器熔为一体，略经打磨，碱水洗净，即成。

"点翠"是把翠鸟的翅羽剪成小片，按首饰的需要，嵌在银器里，加热，使"翠"不致脱落，即可。

齐白石题画翠鸟："羽毛可取"。翠鸟毛的颜色确实无可代替。但是现在旦角头面没有"点翠"的，大都是化学药品染制的绸料贴上去的了。

真的点翠现在还不难见到，十三陵定陵皇后的凤冠就是点翠的。不过大概是复制品，不是原物。

葡 萄 常

葡萄常三姐妹都没有嫁人。她们做的葡萄（做为摆设）别的倒也没有什么稀奇：都是玻璃吹出来的，很像，颜色有紫红的，绿的；特异处在葡萄皮外面挂着一层轻轻的粉，跟真葡萄一样。这层薄薄的粉是怎么弄上去的？—— 常家不是刷上去或喷上去的。多少做玩器的都捉摸过，捉摸不出来。这是常家的独得之秘，不外传。这样，才博得"葡萄常"的名声。

常家三姐妹相继去世："葡萄常"从此绝矣。

注释

① 本篇原与《夏天》一起以《夏天（外一篇）》为题，载《大家》1994年第六期。初收《汪曾祺全集》第六卷，北京师范大学出版社，1998年8月。

竹壳热水壶[①]

这是一个可以入画的鞋匠。

我有一次拿了一只孩子的鞋去找他。他不在，可是他的摊子在。他的摊子设在街道凹进去的一小块平地的南墙之下，旁边有一个自来水站——有时，他代管水站的龙头。他不在。他的摊子后面的墙上一边挂着一只鸟笼，一只黄雀正在里面剔羽；一边挂着一个小木牌，黄纸黑字，干净鲜明："××制鞋生产合作社第×服务站"。这个小木牌一定是他亲手粘好，亲手挂上去的，否则不会这样的平妥端正，这样挂得是地方。丰子恺先生曾经画过一幅画，画的正是这样一个鞋匠，挑了一付担子，担子的一头是一个鸟笼，题目是："他的家属"。这是一幅人道主义的，看了使人悲哀的画。这个鞋匠叫人想起这幅画。但是这个鞋匠跟那个鞋匠不同，他是欢快的，他没有排解不去的忧愁。他没有在，他的摊子在。他的摊子，前面一箱子修好的鞋，放得整整齐齐的，后面一个马扎子。箱子上面压着一张字条：

　　鞋匠回家吃饭去了，
　　取鞋同志请自己捡出拿走。

他不在，我坐在他的马扎子上掏出一根烟来抽 —— 今天是星期天，请容许我有这点悠闲。

过了一会，他来了。我把鞋拿给他看：

"前面绽了线。"

"踢球踢的！明天取。"

"哎，不行，今天下午我要送他回托儿所！"

他想了一想，说：

"下午四点钟 —— 过了四点我就不在了。"

这双鞋现在还穿在我儿子的脚上。

每次经过这里时我总要向他那里看看。

我从电车里看出去。他正在忙碌着，带着他那有条有理，从容不迫的神态。他放下手里的工作，欠起身来，从箱子旁边拿起一个竹壳热水壶，非常欣慰地，满足地，把水沏在一把瓷壶里。感谢你啊，制造竹壳热水壶的同志，感谢你造出这样轻便，经济，而且越来越精致好看的日用品，你不知道你给了人多少快乐，你给了他的，同时又给了我的。感谢我们这个充满温情的社会。

注释

① 本篇选自《星期天》，原载《人民文学》1957年第七期。